卞尺丹几乙し丹卞と

Translated Language Learning

Les Aventures d'Alice au Pays des Merveilles

Alice's Adventures in Wonderland

Lewis Carroll

Français / English

Published by Tranzlaty
ISBN: 978-1-83566-716-3
Original text: Alice's Adventures in Wonderland
by Lewis Carroll (1865)
Abridged by Sam'l Gabriel Sons (1916)
www.tranzlaty.com

Dans le terrier du lapin
Down the Rabbit Hole

Alice commençait à être très fatiguée
Alice was beginning to get very tired
Elle était assise à côté de sa sœur sur le talus d'herbe
she was sitting by her sister on the grass bank
Mais elle n'avait rien à faire
but she had nothing to do
Sa sœur lisait un livre
her sister was reading a book
une ou deux fois, Alice jeta un coup d'œil dans le livre
once or twice Alice peeped into the book
Mais le livre ne contenait ni images ni conversations
but the book had no pictures or conversations in it
« À quoi sert un livre sans images ? » pensa Alice
"what use is a book without pictures?," thought Alice
« Pourquoi un livre n'aurait-il pas de conversations ? »
"why would a book have no conversations?"
Mais elle avait d'autres choses à considérer
but she had other things to consider

« Faire une chaîne de marguerites serait un plaisir »
"making a chain of daisies would be a pleasure"
« Mais cela vaut-il la peine de se lever et de cueillir les marguerites ?? »
"but is it worth the effort of getting up and picking the daisies??"
Ce n'était pas si facile d'y penser
this was not so easy to think about
parce que la journée la rendait somnolente et stupide
because the day was making her feel sleepy and stupid
Mais soudain, ses pensées s'interrompirent
but suddenly her thoughts were interrupted
un lapin blanc aux yeux roses courait près d'elle
a White Rabbit with pink eyes ran close by her

Il n'y avait rien de trop remarquable chez le lapin
There was nothing overly remarkable about the rabbit
et Alice ne trouvait pas non plus le lapin remarquable
and Alice did not think the rabbit remarkable either

elle ne s'étonna pas non plus quand le Lapin parla
nor did it surprise her when the Rabbit spoke
« Oh mon Dieu ! Je serai trop tard ! se dit-il
"Oh dear! I shall be too late!" he said to himself
mais alors le Lapin a fait quelque chose que les lapins n'ont pas fait
but then the Rabbit did something that rabbits didn't do
le Lapin tira une montre de la poche de son gilet
the Rabbit took a watch out of its waistcoat-pocket
Il regarda l'heure puis se hâta
he looked at the time and then hurried on
Alice se leva, stupéfaite
Alice got to her feet, in amazement
Elle n'avait jamais vu un lapin avec un gilet auparavant !
she had never seen a rabbit with a waistcoat before!
elle n'avait jamais vu non plus de lapin avec une montre !
nor had she ever seen a rabbit with a watch!
Alice brûlait d'une nouvelle curiosité
Alice was burning with a new curiosity
et elle courut à travers le champ après le Lapin
and she ran across the field after the Rabbit
Elle était juste à temps pour voir le lapin disparaître
she was just in time to see the rabbit disappear
Le lapin sauta dans un grand terrier de lapin
the rabbit hopped down into a large rabbit-hole
Un instant plus tard, Alice s'est mise à courir après le lapin !
In another moment, down went Alice after the rabbit!
Le terrier du lapin continuait tout droit comme un tunnel
The rabbit-hole went straight on like a tunnel
Et le tunnel a continué à avancer sur une certaine distance
and the tunnel kept going for some distance
Et puis le chemin s'est soudainement incliné
and then the path suddenly dipped down
Alice n'eut pas un instant pour songer à s'arrêter
Alice had not a moment to think about stopping herself
Elle s'est retrouvée à tomber et à tomber
she found herself falling down and down and down

Il semblait qu'elle était tombée dans un puits très profond
it seemed as if she had fallen down a very deep well
**Ou le puits était très profond, ou bien elle tombait très
lentement**
Either the well was very deep, or she fell very slowly
parce qu'elle avait tout le temps de tomber
because she had plenty of time to fall
alors qu'elle tombait, elle pouvait regarder tout autour d'elle
as she was falling she could look all around her
D'abord, elle a essayé de comprendre où elle allait
First, she tried to make out where she was going
mais le puits était trop sombre pour voir quoi que ce soit
but the well was too dark to see anything
Puis elle regarda les côtés du puits
then she looked at the sides of the well
Et elle remarqua qu'il y avait des placards tout autour d'elle
and she noticed that there were cupboards all around her
et tout autour du puits il y avait des étagères de livres
and all around the well were book-shelves
**Çà et là, elle voyait des cartes et des tableaux accrochés à des
piquets**
here and there she saw maps and pictures hung upon pegs
En passant, elle prit un bocal sur l'une des étagères
She took down a jar from one of the shelves as she passed
Le pot a été étiqueté pour son contenu
the jar was labelled for its content
« MARMELADE D'ORANGES »
"MARMALADE MADE FROM ORANGES"
Mais, à sa grande déception, le pot de marmelade était vide
but, to her great disappointment, the marmalade jar was
empty
Elle ne voulait pas laisser tomber le pot de marmelade vide
she did not want to drop the empty marmalade jar
et sa chute fut très lente
and her fall was very slow
**Elle a donc réussi à mettre le pot de marmelade dans l'un des
placards**

so she managed to put the marmalade jar into one of the cupboards

Tombée, descendue, tombée !

Down, down, down she fall!

La chute prendrait-elle fin ?

Would the fall ever come to an end?

Il n'y avait rien d'autre à faire

There was nothing else to do

alors Alice commença bientôt à se parler à elle-même

so Alice soon began talking to herself

« Je vais beaucoup manquer à Dinah ce soir, je pense ! »

"Dinah will miss me very much tonight, I should think!"

Dinah était le chat d'Alice

Dinah was Alice's cat

« J'espère qu'ils se souviendront de sa soucoupe de lait à l'heure du thé »

"I hope they'll remember her saucer of milk at tea-time"

« Dinah, ma chère, je voudrais que tu sois ici avec moi ! »

"Dinah, my dear, I wish you were down here with me!"

Alice sentit qu'elle s'assoupissait

Alice felt that she was dozing off

Et puis soudain, bruit sourd ! bourrade!

and then suddenly, thump! thump!

Elle tomba sur un tas de bâtons

down she fell upon a heap of sticks

et elle atterrit sur un tas de feuilles sèches

and she landed on a pile of dry leaves

et enfin la longue chute dans le trou était terminée

and finally the long fall down the hole was over

Alice n'était pas du tout blessée

Alice was not a bit hurt

Et elle se leva d'un bond au bout d'un instant

and she jumped up within a moment

Elle leva les yeux, mais il faisait noir au-dessus de sa tête

She looked up, but it was all dark overhead

Devant elle se trouvait un autre long couloir

in front of her was another long corridor

et le Lapin Blanc était toujours en vue
and the White Rabbit was still in sight
Il se hâtait dans le couloir
he was hurrying down the corridor
Il n'y avait pas un instant à perdre
There was not a moment to be lost
Alice s'enfuit comme le vent
off ran Alice like the wind
Au coin de la rue, le lapin s'est retourné
around the corner turned the rabbit
Elle était juste à temps pour entendre le lapin
she was just in time to hear the rabbit
« "Oh, mes oreilles et mes moustaches »
""Oh, my ears and whiskers"
« Comme il est tard ! »
"how late it's getting!"
Elle était tout près derrière le lapin
She was close behind the rabbit
Elle tourna au détour d'un autre coin
she turned around another corner
mais le Lapin n'était plus visible
but the Rabbit was no longer to be seen
Elle se retrouva dans une longue salle basse
She found herself in a long, low hall
La salle était éclairée par une rangée de plafonniers
the hall was lit up by a row of ceiling lamps
Il y avait des portes tout autour de la salle
There were doors all around the hall
mais toutes les portes étaient fermées à clé
but all the doors were locked
Elle marcha tout le long d'un côté de la salle
she walked all the way down one side of the hall
et elle avait fait tout le chemin de l'autre côté de la salle
and she had walked all the way up the other side of the hall
Elle avait essayé toutes les portes
she had tried every door
et elle marchait tristement au milieu de la salle

and she walked sadly down the middle of the hall
« Comment vais-je jamais en sortir ? »
"how am I ever going to get out again?"

Tout à coup, elle tomba sur une petite table
Suddenly she came upon a little table
La table était entièrement en verre massif
the table was made entirely of solid glass
Il n'y avait rien sur la table à part une petite clé dorée
There was nothing on the table but a tiny golden key
La clé pourrait appartenir à l'une des portes !

the key might belong to one of the doors!
Mais, hélas ! Certaines serrures étaient trop grandes pour les clés
but, alas! some of the locks were too large for the keys
et pour les autres serrures, la clé était trop petite
and for the other locks the key was too small
mais, en tout cas, la clef n'ouvrit aucune des portes
but, at any rate, the key opened none of the doors
Mais que devait-elle faire ?
but what was she to do?
Elle traversa de nouveau le couloir
she went through the hall again
et cette fois, elle remarqua un rideau bas
and this time she noticed a low curtain
Derrière le rideau se trouvait une petite porte
behind the curtain was a little door
La porte avait une quinzaine de pouces de haut
the door was about fifteen inches high
Elle essaya la petite clé dorée dans la serrure
She tried the little golden key in the lock
Et à sa grande joie, la clé s'est glissée dans la serrure !
and to her great delight, the key fit in the lock!
Alice ouvrit la porte
Alice opened the door
et elle trouva la porte qui donnait sur un petit couloir
and she found the door led into a small corridor
Le couloir n'était pas beaucoup plus grand qu'un trou à rats
the corridor was not much larger than a rat-hole
Elle s'agenouilla et regarda le long du couloir
she knelt down and looked along the corridor
et elle a vu le plus beau jardin que vous ayez jamais vu
and she saw the loveliest garden you have ever seen
comme elle avait envie de sortir de cette salle sombre
how she longed to get out of that dark hall
comme elle voulait se promener parmi ces fleurs lumineuses
how she wanted to wander among those bright flowers
Comme ces fontaines avaient l'air cool et rafraîchissantes

how cool refreshing those fountains looked
Mais elle ne pouvait même pas passer la tête par la porte
but she could not even get her head through the doorway
— Oh ! dit Alice d'un ton lugubre
"Oh," said Alice, mournfully
comme je voudrais pouvoir me plier comme un télescope !
"how I wish I could fold up like a telescope!"
« Je pense que je pourrais me plier comme un télescope »
"I think I could fold up like a telescope"
« Si seulement je savais par où commencer »
"if I only knew how to begin"
Alice retourna à la table
Alice went back to the table
Il y avait la chance de trouver une autre clé
there was the chance of finding another key
Ou il pourrait y avoir un livre de règles
or there might be a book of rules
Le livre pourrait lui apprendre à se plier comme un télescope
the book could tell her how to fold up like a telescope
Cette fois, elle trouva une petite bouteille
This time she found a little bottle
« cette bouteille n'était certainement pas là auparavant, » dit Alice
"this bottle certainly was not here before," said Alice
et autour du goulot de la bouteille était attachée une étiquette en papier
and tied around the neck of the bottle was a paper label
L'étiquette était magnifiquement imprimée en grandes lettres
the label was beautifully printed in large letters
« BOIS-MOI »
"DRINK ME"
« Non, je vais regarder d'abord », a-t-elle dit
"No, I'll look first," she said
« Je vais voir si la bouteille est marquée comme toxique ou non, »
"I'll see whether the bottle is marked as poisonous or not,"

Parce qu'elle n'a jamais oublié la leçon sur le poison
because she never forgot the lesson about poison
« Si une bouteille est étiquetée comme toxique, elle est forcément en désaccord avec vous »
"if a bottle is labelled poisonous, it's bound to disagree with you"
Cependant, cette bouteille n'a pas été marquée comme toxique
However, this bottle was not marked as poisonous
alors Alice se hasarda à goûter le contenu de la bouteille
so Alice ventured to taste the content of the bottle
Elle trouva le liquide tout à fait à son goût
she found the liquid quite to her liking
La boisson avait une sorte de saveur mélangée
the drink had a sort of mixed flavour
tarte aux cerises, crème pâtissière et ananas
cherry-tart, custard, and pineapple
Rôtir la dinde, le caramel et le pain grillé au beurre chaud
roast turkey, toffee, and toast with hot butter
et elle finit bientôt la bouteille
and she soon finished off the bottle
« Quelle curieuse sensation ! » dit Alice
"What a curious feeling!" said Alice
« Je me plie comme un télescope ! »
"I am folding up like a telescope!"
Et elle se repliait comme un télescope !
And she was folding up like a telescope indeed!
Elle n'avait plus que dix pouces de haut
She was now only ten inches high
et son visage s'éclaira à ses pensées
and her face brightened up at her thoughts
Maintenant, elle était de la bonne taille pour la petite porte
now she was the the right size for the little door
Maintenant, elle pouvait aller dans ce joli jardin
now she could go into that lovely garden
Bientôt, elle a cessé de devenir plus petite
soon she stopped getting smaller

Elle décida d'aller tout de suite dans le jardin
she decided on going into the garden at once
mais, hélas pour la pauvre Alice !
but, alas for poor Alice!
Elle arriva à la porte
she got to the door
Mais elle avait oublié la petite clé d'or
but she had forgotten the little golden key
Elle retourna à la table pour prendre la clé
she went back to the table for the key
Mais elle s'aperçut qu'elle ne pouvait pas atteindre assez haut
but she found she could not reach high enough
Elle pouvait voir la clé très distinctement à travers la vitre
she could see the key quite plainly through the glass
Elle essaya de grimper sur les pieds de la table
she tried to climb up the legs of the table
Mais le verre était beaucoup trop glissant
but the glass was far too slippery
Finalement, elle s'est fatiguée à essayer
eventually she tired herself out with trying
et la pauvre petite fille s'assit et pleura
and the poor little girl sat down and cried
Alice se parlait à elle-même assez vivement
Alice spoke to herself rather sharply
« Allons, ça ne sert à rien de pleurer comme ça ! »
"Come, there's no use in crying like that!"
« Je vous conseille d'arrêter tout de suite ! »
"I advise you to stop right this minute!"
Elle se donnait généralement de très bons conseils
She generally gave herself very good advice
bien qu'elle suivît très rarement ses propres conseils
though she very seldom followed her own advice
Et elle était parfois trop dure envers elle-même
and she sometimes was too harsh on herself
et ses paroles lui firent monter les larmes aux yeux
and her words brought tears into her eyes

Bientôt, son regard tomba sur une petite boîte en verre
Soon her eye fell upon a little glass box
La petite boîte de verre était posée sous la table
the little glass box was lying under the table
Dans la boîte en verre se trouvait un tout petit gâteau
in the glass box was a very small cake
Sur le gâteau, quelques mots étaient magnifiquement écrits
on the cake some words were beautifully written
les mots avaient été marqués dans des groseilles
the words had been marked in currants
« MANGE-MOI »
"EAT ME"
« Eh bien, je vais manger le gâteau », dit Alice
"Well, I'll eat the cake," said Alice
« et si le gâteau me fait grossir, je peux atteindre la clé »
"and if the cake makes me grow larger, I can reach the key"
« et si le gâteau me fait rapetisser, je peux me glisser sous la porte »
"and if the cake makes me grow smaller, I can creep under the door"
« Donc, de toute façon, j'irai dans le jardin »
"so either way I'll get into the garden"
« Et peu m'importe lequel des deux arrive ! »
"and I don't care which of the two happens!"
Elle a mangé un peu du gâteau
She ate a little bit of the cake
et elle se parla anxieusement à elle-même :
and she anxiously spoke to herself:
« Dans quel sens ? Dans quel sens ?
"Which way? Which way?"
et elle posa la main sur sa tête
and she held her hand on her head
Elle voulait sentir de quelle façon elle grandissait
she wanted to feel which way she was growing
Elle fut très surprise de découvrir ce qui s'était passé
she was quite surprised to find what had happened
Elle était restée de la même taille !

she had remained the same size!
Cette fois, elle redoubla donc d'efforts
so this time she doubled her efforts
Et bientôt, elle termina tout le gâteau
and soon she finished off the whole cake

La mare de larmes
The Pool of Tears

« Cela devient de plus en plus intéressant ! » s'écria Alice
"This is getting more and more interesting!" cried Alice
Vous pouvez voir qu'elle était très surprise
You can see she was very surprised
« Je m'ouvre comme le plus grand télescope qui ait jamais existé ! »
"I'm opening out like the largest telescope there ever was!"
« Au revoir, les pieds ! Oh, mes pauvres petits pieds"
"Good-bye, feet! Oh, my poor little feet"
« Je me demande qui va vous mettre vos chaussures maintenant, mes chères ? »
"I wonder who will put on your shoes for you now, dears?"
et je me demande qui mettra vos bas ?
"and I wonder who will put on your stockings?"
« Je serai beaucoup trop loin »
"I shall be a great deal too far away"
« Je ne pourrai plus me soucier de toi »
"I won't be able trouble myself about you anymore"
Juste à ce moment, sa tête heurta quelque chose
Just at this moment her head struck against something
Elle avait atteint le toit de la salle
she had reached the roof of the hall
En fait, elle mesurait maintenant plus de deux mètres
in fact, she was now more than two meters tall
et elle prit aussitôt la petite clef d'or
and she at once took up the little golden key
et elle se précipita vers la porte du jardin
and she hurried off to the garden door
Pauvre Alice ! Il n'y avait pas grand-chose qu'elle pouvait faire
Poor Alice! There was not much she could do
Elle s'allongea sur le côté
she laid down on one side
et elle regarda d'un œil dans le jardin
and she looked through into the garden with one eye

Mais s'en sortir était plus désespéré que jamais
but to get through was more hopeless than ever
Elle s'est assise et a recommencé à pleurer
She sat down and began to cry again
Elle a continué à verser des litres de larmes
She went on shedding gallons of tears
Bientôt, il y eut une grande flaque tout autour d'elle
soon there was a large pool all around her
et l'eau atteignait la moitié du couloir
and the water reached half-way down the hall
Au bout d'un moment, elle entendit un petit claquement de pieds
After a time, she heard a little pattering of feet
Elle entendit les pas venir de loin
she heard the feet coming from the distance
et elle s'essuya vivement les yeux pour voir ce qui allait arriver
and she hastily dried her eyes to see what was coming
C'était le retour du Lapin Blanc
It was the White Rabbit returning
Il était magnifiquement vêtu
he was splendidly dressed
Il avait une paire de gants blancs dans une main
he had a pair of white gloves in one hand
et il avait un grand éventail de plumes dans l'autre main
and he had a large feather fan in the other hand
Il arriva en trottinant en toute hâte
He came trotting along in a great hurry
et il murmura en lui-même : « Oh ! la duchesse, la duchesse !
and he muttered to himself, "Oh! the Duchess, the Duchess!"
« Ah ! ne serait-elle pas sauvage si je l'ai fait attendre !
"Oh! won't she be savage if I've kept her waiting!"

Quand le Lapin s'approcha d'elle, Alice prit la parole
When the Rabbit came near her, Alice spoke
Mais elle parlait d'une voix basse et timide
but she spoke in a low, timid voice
« Monsieur, s'il vous plaît, arrêtez ce que vous faites un instant »
"sir, please stop what you're doing for one moment"
Le Lapin sursauta violemment
The Rabbit startled violently
Il laissa tomber les gants blancs et l'éventail de plumes
he dropped the white gloves and the feather fan
et il s'enfuit dans les ténèbres aussi vite qu'il le put
and he scurried away into the darkness as fast as he could
Alice ramassa l'éventail en plumes et les gants
Alice picked up the feather fan and gloves
Et elle n'arrêtait pas de s'éventer tout en parlant
and she kept fanning herself while she kept talking
« Cher, cher ! Comme tout est étrange aujourd'hui !
"Dear, dear! How strange everything is today!"
« Hier, les choses se sont passées comme d'habitude »

"yesterday things went on just as usual"
« Étais-je le même quand je me suis levé ce matin ? »
"Was I the same when I got up this morning?"
« Mais si je ne suis pas le même, il y a une autre question »
"But if I'm not the same, there is another question"
« Qui suis-je ? »
"Who in the world am I?"
« Ah, c'est le grand casse-tête ! »
"Ah, that's the great puzzle!"
En disant cela, elle baissa les yeux sur ses mains
As she said this, she looked down at her hands
Elle portait l'un des petits gants blancs du lapin
she was wearing one of the rabbits little white gloves
Elle n'avait pas remarqué qu'elle avait mis le gant en parlant
she hadn't noticed she put the glove on while talking
« Comment ai-je pu faire cela ? » a-t-elle pensé
"How can I have done that?" she thought
« Je dois redevenir petit »
"I must be growing small again"
Elle se leva et s'approcha de la table pour mesurer sa taille
She got up and went to the table to measure her height
Elle a découvert qu'elle mesurait maintenant environ un demi-mètre
she found that she was now about half a meter tall
et elle rétrécissait encore rapidement
and she was still shrinking rapidly
Elle découvrit rapidement quelle était la cause de ce rétrécissement
She soon found out what the cause of the shrinking was
L'éventail de plumes la rendait encore plus petite !
the feather fan was making her smaller again!
et elle laissa tomber l'éventail de plumes à la hâte
and she dropped the feather fan hastily
Elle laissa tomber l'éventail de plumes juste à temps pour se sauver
she dropped the feather fan just in time to save herself
Si elle s'était éventée plus longtemps, elle se serait

complètement retirée

had she fanned herself any longer she would have shrunk away entirely

« C'était une échappatoire de justesse ! » dit Alice

"That was a narrow escape!" said Alice

et elle fut bien effrayée de ce changement soudain

and she was a good deal frightened at the sudden change

mais elle était très heureuse de se trouver encore en existence

but she was very glad to find herself still in existence

« Et maintenant, en route pour le jardin ! »

"And now, off to the garden!"

Et elle courut à toute vitesse vers la petite porte

And she ran with all speed back to the little door

Mais, hélas ! La petite porte fut refermée

but, alas! the little door was shut again

et la petite clé d'or était de nouveau posée sur la table de verre

and the little golden key was lying on the glass table again

« Les choses sont pires que jamais », pensa le pauvre enfant

"Things are worse than ever," thought the poor child

« Je n'ai jamais été aussi petit que ça auparavant, jamais ! »

"I never was so small as this before, never!"

En prononçant ces mots, son pied glissa

As she said these words, her foot slipped

et un instant plus tard, il y eut une grande éclaboussure !

and in another moment there was a great splash!

Elle était dans l'eau salée jusqu'au menton

she was up to her chin in salt-water

Sa première idée fut qu'elle était tombée d'une manière ou d'une autre dans la mer

Her first idea was that she had somehow fallen into the sea

Cependant, elle s'est vite rendu compte dans quoi elle se trouvait

However, she soon realized what she was in

Elle était dans une mare de larmes

she was in a pool of tears

les larmes qu'elle avait versées quand elle avait deux mètres
de haut
the tears she had wept when she was two meters tall

Juste à ce moment-là, elle entendit quelque chose
Just then she heard something
Quelque chose barbotait dans la mare
something was splashing about in the pool
Les éclaboussures venaient d'un peu de loin
the splashing came from a little way off
et elle nagea plus près pour voir ce que c'était que les
éclaboussures
and she swam nearer to see what the splashing was
Elle vit bientôt que ce n'était qu'une petite souris
she soon saw that it was only a little mouse
La petite souris s'était également glissée dans l'eau
the little mouse had slipped in to the water too
Alice réfléchit à la situation
Alice thought to herself about the situation
« Serait-il utile de parler à cette souris ? »
"Would it be of any use to speak to this mouse?"

« Tout est tellement à l'envers ici »
"Everything is so up-side-down down here"
« Je pense que c'est très probable que cette souris peut parler »
"I should think very likely this mouse can talk"
« En tout cas, il n'y a pas de mal à essayer »
"at any rate, there's no harm in trying"
Alors elle a commencé à essayer de parler à la souris
So she began trying to talk to the mouse
« Oh Souris, sais-tu comment sortir de cette mare ? »
"Oh Mouse, do you know the way out of this pool?"
« Je suis bien fatigué de nager ici, ô souris ! »
"I am very tired of swimming about here, Oh Mouse!"
La souris la regarda d'un air assez inquisiteur
The mouse looked at her rather inquisitively
La souris semblait cligner de l'œil avec l'un de ses petits yeux
the mouse seemed to wink with one of its little eyes
Mais la petite souris ne dit rien
but the little mouse said nothing
« Peut-être la souris ne comprend-elle pas l'anglais », pensa Alice
"Perhaps the mouse doesn't understand English," thought Alice
« J'ose dis-le que c'est une souris française »
"I dare say it's a French mouse"
« peut-être que cette souris est venue avec Guillaume le Conquérant »
"perhaps this mouse came over with William the Conqueror"
Alors elle a recommencé, en français
So she began again, in French
« Où est mon chat ? » a-t-elle demandé en français
"Where is my cat?" she asked in French
c'était la première phrase de son livre de leçons de français
it was the first sentence in her French lesson-book
La souris fit un saut soudain hors de l'eau
The Mouse gave a sudden leap out of the water

et la souris semblait frémir de frayeur
and the mouse seemed to quiver all over with fright
— Oh ! je vous demande pardon ! s'écria vivement Alice
"Oh, I beg your pardon!" cried Alice hastily
Elle craignait d'avoir blessé les sentiments du pauvre animal
she was afraid that she had hurt the poor animal's feelings
« J'oubliais que tu n'aimais pas les chats »
"I quite forgot you didn't like cats"
« Je n'aime pas les chats ! » cria la Souris d'une voix aiguë et passionnée
"I don't like cats!" cried the Mouse in a shrill, passionate voice
« Voudrais-tu des chats, si tu étais moi ? »
"Would you like cats, if you were me?"
Alice réconforta la souris d'un ton apaisant
Alice comforted the mouse in a soothing tone
« Eh bien, peut-être que je n'aimerais pas non plus les chats si j'étais vous »
"Well, perhaps I would not like cats if I were you either"
« S'il vous plaît, ne soyez pas en colère à propos de la mention des chats »
"please don't be angry about the mention of cats"
« Et pourtant, j'aimerais pouvoir te montrer notre chat Dinah »
"And yet I wish I could show you our cat Dinah"
« Si vous la rencontriez, je pense que vous prendriez goût aux chats »
"if you met her I think you'd take a fancy to cats"
« Si seulement vous pouviez la voir »
"if you could only see her"
« Elle est une chose si chère et si calme »
"She is such a dear, quiet thing"
La souris tremblait de partout
The mouse was shaking all over
Alice était certaine que la souris devait être vraiment offensée
Alice felt certain the mouse must be really offended
« On ne parlera plus d'elle, si tu préfères ne pas le faire »

"We won't talk about her any more, if you'd rather not"
« Nous, en effet ! » s'écria la Souris
"We, indeed!" cried the Mouse
La souris tremblait jusqu'au bout de sa queue
the mouse was trembling down to the end of its tail
« Comme si je voulais parler d'un tel sujet ! »
"As if I would talk on such a subject!"
« Notre famille a toujours détesté les chats »
"Our family always hated cats"
"Les chats ; des choses méchantes, basses, vulgaires !
"cats; nasty, low, vulgar things!"
« Ne me laissez plus entendre le nom ! »
"Don't let me hear the name again!"
— Je ne parlerai plus des chats, en effet, dit Alice
"I won't mention cats again indeed!" said Alice
Elle était très pressée de changer de sujet
she was in a great hurry to change the subject
"Êtes-vous... Aimez-vous les chiens ?
"Are you... are you fond of dogs?"
« Il y a un petit chien si gentil près de notre maison, »
"There is such a nice little dog near our house,"
« Je voudrais te montrer le petit chien ! »
"I should like to show you the little dog!"
"Ce petit chien tue tous les rats et...
"this little dog kills all the rats and..."
« Oh ! mon Dieu ! » s'écria Alice d'un ton triste
"oh, dear!" cried Alice in a sorrowful tone
« J'ai peur de t'avoir encore offensé ! »
"I'm afraid I've offended you again!"
La souris nageait loin d'elle aussi vite qu'elle le pouvait
the mouse was swimming away from her as fast as it could go
et la souris fit tout un vacarme dans la mare
and the mouse made quite a commotion in the pool
Alors elle appela doucement la souris
So she called softly after the mouse
« Ma chère souris, s'il vous plaît, revenez ! »
"my dear mouse, please come back!"

« Et nous ne parlerons pas des chats »
"and we won't talk about cats"
« Et nous n'avons pas non plus besoin de parler des chiens »
"and we don't have to talk about dogs either"
Quand la souris entendit cela, elle se retourna
When the mouse heard this, it turned around
et la petite souris nagea lentement vers elle
and the little mouse swam slowly back to her
Le visage de la souris était assez pâle
the mouse's face was quite pale
et la souris parla d'une voix basse et tremblante
and the mouse spoke, in a low, trembling voice
« Allons à la rive »
"Let us get to the shore"
« et ensuite je vous raconterai mon histoire »
"and then I'll tell you my history"
« et vous comprendrez pourquoi c'est moi qui déteste les
chats et les chiens »
"and you'll understand why it is I hate cats and dogs"
Il était grand temps de partir
It had become high time to go
parce que la piscine devenait assez bondée
because the pool was getting quite crowded
D'autres oiseaux et animaux étaient tombés dans la mare
other birds and animals had fallen into the pool
il y avait un Canard et un Dodo
there were a Duck and a Dodo
et il y avait un oiseau Lory et un aiglon
and there was a Lory bird and an Eaglet
et il y avait plusieurs autres créatures intéressantes
and there were several other interesting looking creatures
Alice a ouvert la voie à la sortie de la piscine
Alice led the way out the pool
et toute la troupe des animaux nagea jusqu'au rivage
and the whole party of animals swam to the shore

Une course de caucus et une longue traîne
A caucus race and a long tail

C'était en effet une bande d'animaux à l'allure amusante
They were indeed a funny-looking bunch of animals
et ils se rassemblèrent tous sur le bord de l'eau
and they all assembled on the water's bank
Les oiseaux avaient tous des plumes débraillées
the birds all had bedraggled feathers
et les animaux à fourrure étaient trempés
and the furry animals were soaked through
et tous étaient trempés, agacés et mal à l'aise
and all were dripping wet, annoyed and uncomfortable

Il y avait une question à laquelle il fallait répondre en premier
there was one question that had to be answered first
Quelle est la meilleure façon pour tout le monde de se sécher ?
what is the best way for everyone to get dry?
Ils ont tenu une consultation à ce sujet
They had a consultation about this matter

Bientôt, ils furent tous en bons termes
soon they were all on familiar terms
C'était comme si elle les avait connus toute sa vie
it was as if she had known them all her life
La souris semblait être une personne d'une certaine autorité
the mouse seemed to be a person of some authority
« Asseyez-vous, vous tous, et écoutez-moi !
"Sit down, all of you, and listen to me!
« Je vais bientôt vous faire sécher à nouveau ! »
"I'll soon make you all dry again!"
Ils s'assirent tous en même temps, dans un grand cercle
They all sat down at once, in a large ring
et la petite souris s'assit au milieu
and the little mouse sat in the middle
« Hum ! » dit la souris d'un air important
"Ahem!" said the mouse with an important air
« Êtes-vous tous prêts ? »
"Are you all ready?"
« C'est la chose la plus sèche que je connaisse »
"This is the driest thing I know"
« Silence tout autour, s'il vous plaît ! »
"Silence all around, if you please!"
« Guillaume le Conquérant était favorisé par le pape »
"William the Conqueror was favoured by the pope"
« mais il fut bientôt soumis par les Anglais »
"but he was soon submitted to by the English"
« Ils voulaient des leaders ces derniers temps »
"they wanted leaders of late"
« et ils avaient été habitués au pouvoir et à la conquête »
"and they had been accustomed to power and conquest"
« Edwin et Morcar, les comtes de Mercie et de Northumbrie »
"Edwin and Morcar, the Earls of Mercia and Northumbria"
« Pouah ! » dit l'oiseau lori, avec un frisson
"Ugh!" said the lori bird, with a shiver
« et même Stigand, l'archevêque patriote de Cantorbéry »
"and even Stigand, the patriotic archbishop of Canterbury"

« Il l'a également trouvé opportun »
"he also found it advisable"
« Qu'a-t-il trouvé à propos ? » dit le canard
"What did he find advisable?" said the duck
— Il l'a trouvé opportun, répondit la souris d'un ton un peu contrarié
"He found it advisable" the mouse replied rather crossly
Mais le canard n'était pas satisfait
but the duck was not satisfied
« Bien sûr, vous savez ce que 'it' signifie »
"of course, you know what 'it' means"
« Je sais ce que c'est quand je trouve quelque chose », dit le canard
"I know what 'it' is when I find a thing," said the duck
« C'est généralement une grenouille ou un ver »
"it's generally a frog or a worm"
« La question est de savoir ce que l'archevêque a trouvé ?
"The question is, what did the archbishop find?"
La souris n'a pas remarqué cette question
The mouse did not notice this question
Au lieu de cela, la souris continua précipitamment son discours
instead, the mouse hurriedly went on with the speech
« il a jugé opportun d'aller avec Edgar Atheling »
"he found it advisable to go with Edgar Atheling"
« pour rencontrer Guillaume et lui offrir la couronne »
"to meet William and offer him the crown"
la souris continua, se tournant vers Alice pendant qu'elle parlait
the mouse continued, turning to Alice as it spoke
« Comment allez-vous maintenant, ma chère ? »
"How are you getting on now, my dear?"
– Aussi mouillée que jamais, dit Alice d'un ton mélancolique
"As wet as ever," said Alice in a melancholy tone
« Cette histoire n'a pas l'air de me tarir du tout »
"this story doesn't seem to dry me at all"

— **Dans ce cas, dit solennellement le dodo en se levant**
"In that case," said the dodo solemnly, rising to its feet
« Je vote pour l'ajournement de la séance »
"I vote that the meeting be adjourned"
« et je propose l'adoption immédiate de remèdes plus énergiques »
"and I propose an immediate adoption of more energetic remedies"
« Dis des paroles vraies ! » dit l'aiglon
"Speak real words!" said the eaglet
« Je ne connais pas le sens de la moitié de ces longs mots »
"I don't know the meaning of half of those long words"
et, qui plus est, je ne crois pas que vous le sachiez non plus !
"and, what's more, I don't believe you know either!"
— **Ce que j'allais dire, dit le dodo d'un ton offensé**
"What I was going to say," said the dodo in an offended tone
« La meilleure chose à faire pour nous sécher serait une course au caucus »
"the best thing to get us dry would be a caucus-race"
« Qu'est-ce qu'une course de caucus ? » demanda Alice
"What is a caucus-race?" said Alice

« Eh bien, » dit le dodo, « la meilleure façon de l'expliquer,
c'est de le faire »
"Well," said the dodo, "the best way to explain it is to do it"
« D'abord, le dodo a tracé un parcours »
"First the dodo marked out a race-course"
« La piste était dans une sorte de cercle »
"the track was in a sort of circle"
« Et puis tout le groupe a été placé le long du parcours »
"and then all the party were placed along the course"
Il n'y avait pas de « Un, deux, trois et c'est parti ! »
There was no "One, two, three and away!"
Mais ils ont commencé à courir quand ils voulaient
but they began running when they liked
et ils finissaient aussi quand ils le voulaient
and they also finished when they liked
Il n'était donc pas facile de savoir quand la course était
terminée
so it was not easy to know when the race was over
Après environ une demi-heure de course, ils étaient tous
assez secs
after half an hour or so of running they were all quite dry
le dodo s'écria soudain : « La course est finie ! »
the dodo suddenly called out, "The race is over!"
Et ils se pressèrent tous autour du Dodo
and they all crowded around the dodo
Tous les animaux haletaient et soufflaient
all the animals were panting and puffing
et tous voulaient savoir : « Mais qui a gagné ? »
and they all wanted to know, "But who has won?"
Le dodo ne pouvait pas répondre immédiatement à cette
question
This question the dodo could not immediately answer
D'abord, il a dû beaucoup réfléchir
first he had to do a great deal of thinking
Après mûre réflexion, le dodo finit par parler
after much thinking, the dodo finally spoke
« Tout le monde a gagné, et tous doivent avoir des prix »

"Everybody has won, and all must have prizes"
« Mais qui doit donner les prix ? » demanda un chœur de voix
"But who is to give the prizes?" asked a chorus of voices
— Eh bien, elle, bien sûr, dit le dodo
"Well, she, of course," said the dodo
et le dodo pointa d'un doigt vers Alice
and the dodo pointed with one finger to Alice
et toute la troupe des animaux se pressait autour d'elle
and the whole party of animals crowded around her
ils ont crié, d'une manière confuse : « Des prix ! Des prix !
they called out, in a confused way, "Prizes! Prizes!"
Alice n'avait aucune idée de ce qu'elle devait faire
Alice had no idea what to do
Désespérée, elle mit la main dans sa poche
in despair she put her hand into her pocket
Et elle en sortit une boîte de bonbons
and she pulled out a box of sweets
Heureusement, l'eau salée n'était pas entrée dans la boîte
luckily the salt-water had not got into the box
et elle a distribué les bonbons comme prix
and she handed the sweets around as prizes
Il y avait exactement une pièce pour tout le monde
There was exactly one piece for everyone
La prochaine chose qu'ils devaient faire était de manger les bonbons
The next thing they had to do was to eat the sweets
Cela a causé du bruit et de la confusion
this caused some noise and confusion
Les grands oiseaux se plaignaient de ne pas pouvoir goûter leurs bonbons
the large birds complained that they could not taste their sweets
Les petits s'étouffaient et devaient être tapotés dans le dos
the small ones choked and had to be patted on the back
Cependant, c'était enfin fini
However, it was over at last

Et ils se rassirent en cercle
and they sat down again in a ring
**et ils supplièrent la souris de leur dire quelque chose de
plus**
and they begged the mouse to tell them something more
**— Vous m'avez promis de me raconter votre histoire, vous
savez, dit Alice**
"You promised to tell me your history, you know," said Alice
et elle fit une autre petite remarque sur les chats à voix basse
and she made another little remark about cats in a whisper
Elle ne voulait pas offenser à nouveau la souris
she didn't want to offend the mouse again
la petite souris se tourna vers Alice et soupira
the little mouse turned to Alice and sighed
« Ma conte est long et triste ! »
"Mine is a long and a sad tale!"
— C'est une longue queue, certainement, dit Alice
"It is a long tail, certainly," said Alice
**et elle baissa les yeux avec étonnement sur la queue de la
souris**
and she looked down with wonder at the mouse's tail
« Mais pourquoi appelez-vous cela une queue triste ? »
"but why do you call it a sad tail?"
**Et elle n'arrêtait pas de s'interroger à ce sujet pendant que la
souris parlait**
And she kept on puzzling about it while the mouse was
speaking
**de sorte que son idée de l'histoire était quelque chose
comme ceci**
so that her idea of the tale was something like this

"Fury said to
a mouse, That
he met in the
house, 'Let
us both go
to law: *I*
will prosecute
you.—
Come, I'll
take no denial:
We must have
the trial;
For really
this morning
I've
nothing
to do.'
Said the
mouse to
the cur,
'Such a
trial, dear
sir, With
no jury
or judge,
would
be wasting
our
breath.'
'I'll be
judge,
I'll be
jury,'
said
cunning
old
Fury;
'I'll
try
the
whole
cause,
and
condemn
you to
death.'"

Fury dit à une souris : Qu'il s'est rencontré dans la maison.
Fury said to a mouse, That he met in the house"

Allons tous les deux en justice, je vous poursuivrai
Let us both go to law: I will prosecute you

Allons, je n'accepterai aucun démenti : il faut que nous fassions l'épreuve
Come, I'll take no denial: We must have the trial

Car vraiment ce matin je n'ai rien à faire
For really this morning I've nothing to do

Dit la souris au maudit ;

Said the mouse to the cur;

Un tel procès, cher monsieur, sans jury ni juge, nous ferait perdre notre souffle

Such a trial, dear sir, With no jury or judge, would be wasting our breath

« Je serai juge, je serai jury », dit le vieux rusé Fury

"I'll be judge, I'll be jury," said cunning old Fury

Je vais juger toute la cause, et je vous condamnerai à mort

I'll try the whole cause, and condemn you to death

la souris parla sévèrement à Alice

the mouse spoke severely to Alice

« Tu ne fais pas attention ! »

"You are not paying attention!"

« À quoi pensez-vous ? »

"What are you thinking of?"

— Je vous demande pardon, dit Alice très humblement

"I beg your pardon," said Alice very humbly

« Tu étais arrivé au cinquième virage, je crois ? »

"you had got to the fifth bend, I think?"

« Vous m'insultez en disant de telles bêtises ! »

"You insult me by talking such nonsense!"

Et la souris se leva et s'éloigna

and the mouse got up and walked away

Alice appela la petite souris

Alice called after the little mouse

« S'il vous plaît, revenez et terminez votre histoire ! »

"Please come back and finish your story!"

Et les autres se joignirent tous en chœur

And the others all joined in chorus

« Oui, s'il vous plaît, terminez votre histoire ! »

"Yes, please do finish your story!"

Mais la souris se contenta de secouer la tête avec impatience

But the mouse only shook its head impatiently

et la petite souris marchait un peu plus vite

and the little mouse walked a little quicker

« Je voudrais bien avoir Dinah, notre chat, ici ! » dit Alice

"I wish I had Dinah, our cat, here!" said Alice
Cela provoqua une sensation remarquable parmi le parti
This caused a remarkable sensation among the party
Quelques-uns des oiseaux se hâtèrent de s'éloigner
Some of the birds hurried off at once
et un canari appela d'une voix tremblante ses enfants ;
and a Canary called out in a trembling voice, to its children;
« Allez-vous-en, mes chères ! »
"Come away, my dears!"
« Il est grand temps que vous soyez tous au lit ! »
"It's high time you were all in bed!"
Avec diverses excuses, ils sont tous partis
with various excuses they all went away
et Alice se retrouva bientôt seule
and Alice was soon left alone
« J'aurais aimé ne pas avoir mentionné Dinah ! »
"I wish I hadn't mentioned Dinah!"
« Personne n'a l'air de l'aimer ici »
"Nobody seems to like her down here"
« Mais je suis sûr que c'est la meilleure chatte du monde ! »
"but I'm sure she's the best cat in the world!"
La pauvre Alice se remit à pleurer
Poor Alice began to cry again
parce qu'elle se sentait très seule et déprimée
because she felt very lonely and low-spirited
Au bout de peu de temps, cependant, elle entendit de nouveau quelque chose
In a little while, however, she again heard something
un petit bruit de pas au loin
a little pattering of footsteps in the distance
et elle leva les yeux avec impatience
and she looked up eagerly

Le lapin envoie le petit M. Bill
The rabbit sends in little Mr Bill

C'était le lapin blanc, qui revenait lentement au trot
It was the white rabbit, trotting slowly back again
Il regardait anxieusement autour de lui en chemin
he was looking about anxiously as he went
Il avait l'air d'avoir perdu quelque chose
he looked as if he had lost something
Alice l'entendit marmonner pour lui-même
Alice heard him muttering to himself
— La duchesse ! La Duchesse ! Oh, mes chères pattes !
"The Duchess! The Duchess! Oh, my dear paws!"
« Oh, ma fourrure et mes moustaches ! »
"Oh, my fur and whiskers!"
« Elle va me faire exécuter, j'en suis sûr »
"She'll get me executed, I'm sure of that"
« Aussi sûr que les furets sont des furets ! »
"just as sure as ferrets are ferrets!"
« Où ai-je pu laisser tomber mes affaires, je me demande ? »

"Where can I have dropped my things, I wonder?"
Alice devina en un instant ce qu'il cherchait
Alice guessed in a moment what he was looking for
Il cherchait l'éventail de plumes
he was looking for the feather fan
et il cherchait la paire de gants blancs
and he was looking for the pair of white gloves
Elle se mit donc très gentiment à chercher les gants
so she very good-naturedly began looking for the gloves
Et elle chercha aussi l'éventail de plumes
and she looked for the feather fan too
Mais les gants et l'éventail de plumes étaient introuvables
but the gloves and feather fan were nowhere to be seen
Tout semblait avoir changé depuis sa baignade dans la piscine
everything seemed to have changed since her swim in the pool
Rien n'était pareil depuis qu'elle était dans la grande salle
nothing was the same since she had been in the great hall
et la table de verre avait disparu
and the glass table had vanished
Et la petite porte n'était pas là non plus
and the little door wasn't there either
Très vite, le lapin remarqua Alice
Very soon the rabbit noticed Alice
Il l'appela d'un ton furieux
he called to her in an angry tone
« Mary Ann, que fais-tu ici ? »
"Mary Ann, what are you doing out here?"
« Rentre chez toi à l'instant même »
"Run home this moment"
« Et apporte-moi une paire de gants et un éventail de plumes ! »
"and fetch me a pair of gloves and a feather fan!"
« Et faites vite ! »
"and be quick about it!"
Alice se parlait à elle-même en s'enfuyant
Alice spoke to herself as she ran off

— Il a dû me prendre pour sa femme de chambre !

"He must have mistaken me for his housemaid!"

« Comme il sera surpris quand il découvrira qui je suis ! »

"How surprised he'll be when he finds out who I am!"

En disant cela, elle tomba sur une petite maison soignée

As she said this, she came upon a neat little house

Sur la porte de la maison se trouvait une plaque de laiton brillant

on the door of the house was a bright brass plate

« W. LAPIN »

"W. RABBIT"

Elle entra sans frapper à la porte

She went in without knocking on the door

et elle se hâta de monter l'escalier

and she hurried straight upstairs

elle craignait de rencontrer la vraie Mary Ann

she worried that she might meet the real Mary Ann

parce qu'alors elle serait chassée de la maison

because then she would be turned out of the house

et elle ne pourrait pas trouver l'éventail de plumes et les gants

and she wouldn't be able to find the feather fan and gloves

Alice s'était frayé un chemin dans une petite pièce bien rangée

Alice had found her way into a tidy little room

Dans la pièce, il y avait une table près de la fenêtre

in the room was a table by the window

et sur la table, il y avait un éventail de plumes

and on the table was a feather fan

et il y avait deux ou trois paires de petits gants blancs

and there were two or three pairs of tiny white gloves

Elle ramassa l'éventail en plumes et une paire de gants

she picked up the feather fan and a pair of the gloves

et elle allait quitter la pièce

and she was just about to leave the room

mais alors ses yeux tombèrent sur une petite bouteille

but then her eyes fell upon a little bottle

Elle déboucha la bouteille et la porta à ses lèvres
She uncorked the bottle and put it to her lips
« J'espère que cela me fera redevenir grand »
"I do hope it'll make me grow large again"
« J'en ai marre d'être une toute petite chose ! »
"I'm tired of being such a tiny little thing!"
Alice avait à peine bu la moitié de la bouteille
Alice had hardly drunk half the bottle
Sa tête était déjà appuyée contre le plafond
her head was already pressing against the ceiling
et elle dut se baisser
and she had to stoop down
pour sauver son cou d'être brisé
to save her neck from being broken
Elle posa précipitamment la bouteille
She hastily put down the bottle
« C'est bien assez »
"That's quite enough"
« J'espère que je ne grandirai plus »
"I hope I don't grow anymore"
Hélas! Il était trop tard pour souhaiter cela !
Alas! It was too late to wish that!
Elle n'a cessé de grandir
She went on growing and growing
et très vite elle dut s'agenouiller sur le sol
and very soon she had to kneel down on the floor
Et même alors, elle a continué à grandir
and even then she went on growing
Comme dernière ressource, elle passa un bras par la fenêtre
as a last resource she put one arm out of the window
et elle mit un pied dans la cheminée
and she put one foot up the chimney
« Maintenant, je ne peux plus faire, quoi qu'il arrive »
"Now I can do no more, whatever happens"
« Que vais-je devenir ? »
"What will become of me?"

Alice a eu un peu de chance
Alice had a spot of luck
La petite bouteille magique avait fait son plein effet
the little magic bottle had had its full effect
et Alice ne grandit pas plus qu'elle n'était
and Alice grew no larger than she was
Au bout de quelques minutes, elle entendit une voix à l'extérieur
After a few minutes she heard a voice outside
et elle s'arrêta pour écouter la voix
and she stopped to listen to the voice
« Mary Ann ! Mary Ann ! dit la voix
"Mary Ann! Mary Ann!" said the voice
« Apporte-moi mes gants tout de suite ! »
"Fetch me my gloves this moment!"
Puis vint un petit claquement de pieds dans l'escalier
Then came a little pattering of feet on the stairs
Alice savait que c'était le lapin qui venait la chercher
Alice knew it was the rabbit coming to look for her

et elle trembla jusqu'à faire trembler la maison
and she trembled till she shook the house
elle oublia tout à fait quelles étaient ses proportions
she quite forgot what her proportions were
Elle était mille fois plus grosse que le lapin
she was a thousand times as large as the rabbit
et elle n'avait aucune raison d'avoir peur d'un lapin
and she had no reason to be afraid of a rabbit
Bientôt le lapin s'approcha de la porte
Presently the rabbit came up to the door
et le petit lapin essaya d'ouvrir la porte
and the little rabbit tried to open the door
La porte a commencé à s'ouvrir vers l'intérieur
the door started to open inwards
mais le coude d'Alice était fortement appuyé contre la porte
but Alice's elbow was pressed hard against the door
Cette tentative s'est avérée un échec
that attempt proved a failure
Alice entendit le lapin se parler à lui-même
Alice heard the rabbit speak to himself
« Ensuite, je vais faire le tour et entrer par la fenêtre »
"Then I'll go around and get in through the window"
« Que tu ne le feras pas ! » pensa Alice
"That you won't!" thought Alice
Et elle attendit encore un peu
and she waited a little again
Bientôt, elle entendit le lapin juste sous la fenêtre
soon she heard the rabbit just under the window
Elle étendit soudain la main
she suddenly spread out her hand
et elle fit une prise en l'air
and she made a snatch in the air
Elle n'a rien attrapé
She did not get hold of anything
mais elle entendit un petit cri et une chute
but she heard a little shriek and a fall
et elle entendit un fracas de verre brisé

and she heard a crash of broken glass

Peut-être le lapin était-il tombé

perhaps the rabbit had fallen

Peut-être était-il dans une serre

maybe he was in a green-house

Puis vint une voix en colère ; La voix du lapin

Next came an angry voice; the rabbit's voice

« Pat, où es-tu ? »

"Pat, where are you?"

Et puis vint une voix qu'elle n'avait jamais entendue auparavant

And then came a voice she had never heard before

« Votre honneur, je suis là ! »

"your honour, I'm here!"

« Je creuse pour trouver des pommes »

"I'm digging for apples"

« Ici ! Venez m'aider à m'en sortir ! »

"Here! Come and help me out of this!"

« Maintenant, dis-moi, Pat, qu'est-ce qu'il y a dans la fenêtre ? »

"Now tell me, Pat, what's that in the window?"

« Bien sûr, Votre Honneur, je vais vous le dire »

"Sure, your honour, I will tell you"

« C'est un bras qui est dans la fenêtre ! »

"it's an arm that's in the window!"

« Eh bien, un bras n'a rien à faire là-bas »

"Well, an arm has no business there"

« Va et enlève le bras ! »

"go and take the arm away!"

Il y eut un long silence après cela

There was a long silence after this

et Alice n'entendait que des chuchotements de temps en temps

and Alice could only hear whispers now and then

et enfin elle étendit de nouveau la main

and at last she spread out her hand again

et elle fit une autre arrachée dans les airs

and she made another snatch in the air
Cette fois, il y eut deux petits cris
This time there were two little shrieks
et il y avait d'autres bruits de verre brisé
and there was more sounds of broken glass
« Je me demande ce qu'ils vont faire ensuite ! » pensa Alice
"I wonder what they'll do next!" thought Alice
« J'aimerais qu'ils me tirent par la fenêtre »
"I wish they would pull me out the window"
Elle attendit un certain temps
She waited for some time
Mais pendant un moment, elle n'entendit plus rien
but for a while she didn't hear anything more
Enfin, il y eut un grondement de petites roues
At last came a rumbling of little wheels
et il y eut le son d'un bon nombre de voix
and there came the sound of a good many voices
Toutes les voix parlaient ensemble
all the voices were talking together
Elle pouvait distinguer certaines des paroles
She could make out some of the words
« Où est l'autre échelle ? »
"Where's the other ladder?"
« Bill a l'autre échelle »
"Bill's got the other ladder"
« Bill, viens ici ! »
"Bill, come here!"
« Le toit va-t-il supporter le fardeau ? »
"Will the roof bear the load?"
« Qui veut descendre par la cheminée ? »
"Who wants to go down the chimney?"
— Non, je ne le ferai pas ! Vous le faites !
"Nay, I shall not! You do it!"
« Tiens, Bill ! »
"Here, Bill!"
« Le maître dit qu'il faut descendre par la cheminée ! »
"The master says you've got to go down the chimney!"

Alice descendit son pied aussi loin qu'elle le put dans la cheminée
Alice drew her foot as far down the chimney as she could
Et puis elle attendit de voir ce qui allait arriver
and then she waited to see what was coming
Elle entendit un petit animal gratter et se débattre
she heard a little animal scratching and scrambling
Le petit animal doit être dans la cheminée
the little animal must be in the chimney
Puis elle donna un coup de pied sec
then she gave one sharp kick
et elle attendit de voir ce qui allait se passer ensuite
and she waited to see what would happen next
Elle entendit un chœur général de voix
she heard a general chorus of voices
« Voilà Bill ! » dirent-ils tous
"There goes Bill!" they all said
Puis elle entendit la voix du lapin seule
then she heard the rabbit's voice alone
« Toi par la haie, attrape-le ! »
"You by the hedge, catch him!"
Il y eut un autre moment de silence
there was another moment of silence
Et puis il y eut une autre confusion de voix
and then there was another confusion of voices
« Lève la tête, Brandy »
"Hold up his head, Brandy"
« Attention à ne pas l'étouffer »
"be careful not to choke him"
« Qu'est-ce qui t'est arrivé ? »
"What happened to you?"
Enfin, une petite voix faible et grinçante est apparue
Last came a little feeble, squeaking voice
« Eh bien, je n'en sais presque pas plus »
"Well, I hardly know no more"
« merci à tous, je vais mieux maintenant »
"thank you all, I'm better now"

« il y a une chose dont je peux me souvenir »
"there is one thing I can remember"
« Quelque chose vient à moi comme un train dans un tunnel »
"something comes at me like a train in a tunnel"
« Et je vole comme une fusée ! »
"and up I fly like a sky-rocket!"
Il y eut une minute ou deux de silence
there was a minute or two of silence
puis ils ont recommencé à se déplacer
and then they began moving about again
et Alice entendit de nouveau le Lapin parler
and Alice heard the Rabbit speak again
« Une brouette fera l'affaire, pour commencer »
"A barrowful will do, to begin with"
« Une brouette pleine de quoi ? » pensa Alice
"A barrowful of what?" thought Alice
Mais elle ne fut pas tenue en suspens longtemps
But she was not kept in suspense for long
Une pluie de petits cailloux est passée par la fenêtre
a shower of little pebbles came through the window
et quelques petits cailloux l'ont frappée au visage
and some of the little pebbles hit her in the face
Alice fut surprise par les petits cailloux
Alice was surprised about the little pebbles
Tous les petits cailloux se transformaient en gâteaux
all the little pebbles were turning into cakes
et une idée lumineuse lui vint à l'esprit
and a bright idea came into her head
« Je devrais manger un de ces gâteaux »
"I should eat one of these cakes"
« Le gâteau ne manquera pas de faire changer ma taille »
"cake is sure to make some change in my size"
Alors elle a avalé l'un des gâteaux
So she swallowed one of the cakes
et elle fut ravie de constater qu'elle commençait à rétrécir
and she was delighted to find that she began shrinking

Bientôt, elle fut assez petite pour franchir la porte
soon she was small enough to get through the door
Elle s'est enfuie de la maison
she ran out of the house
Une foule de petits animaux et d'oiseaux attendaient dehors
a crowd of little animals and birds were waiting outside
tous les petits oiseaux et les petits animaux se précipitèrent sur Alice
all the little birds and animals rushed at Alice
Mais elle s'enfuit aussi vite qu'elle le put
but she ran off as fast as she could
et bientôt elle se trouva en sécurité dans un bois épais
and soon she found herself safe in a thick wood
Alice errait dans les bois
Alice wandered about in the woods
Et elle pensa en elle-même :
and she thought to herself:
« Je sais ce que je dois faire en premier »
"I know what I have to do first"
« Je dois d'abord grandir à ma bonne taille »
"first I have to grow to my right size again"
« et puis je dois trouver mon chemin dans ce joli jardin »
"and then I have to find my way into that lovely garden"
« Je suppose que je devrais manger ou boire quelque chose ou autre »
"I suppose I ought to eat or drink something or other"
« Mais la question est de savoir ce que je dois manger ou boire ? »
"but the question is what should I eat or drink?"
Alice regarda tout autour d'elle les fleurs
Alice looked all around her at the flowers
et elle regarda à travers les brins d'herbe
and she looked through the blades of grass
mais elle ne voyait rien à manger ni à boire
but she could not see anything to eat or drink
Rien ne semblait être la bonne chose à manger ou à boire
nothing looked like the right thing to eat or drink

Il y avait un gros champignon qui poussait près d'elle
There was a large mushroom growing near her
le champignon était à peu près de la même taille qu'Alice
the mushroom was about the same height as Alice
Elle s'étira sur la pointe des pieds
She stretched herself up on tiptoes
Et elle jeta un coup d'œil par-dessus le bord du champignon
and she peeped over the edge of the mushroom
Ses yeux rencontrèrent immédiatement les yeux d'une grande chenille bleue
her eyes immediately met the eyes of a large blue caterpillar
La chenille était assise sur le sommet du champignon
the caterpillar was sitting on the top of the mushroom
et la chenille avait croisé tous ses bras
and the caterpillar had crossed all his arms
et il fumait tranquillement un long narguilé
and he was quietly smoking a long hookah
et il ne faisait pas la moindre attention à rien
and he took not the smallest notice of anything
et il n'a certainement pas fait attention à Alice
and he certainly didn't pay attention to Alice

Les conseils d'une chenille

Advice from a caterpillar

Finalement, la chenille a retiré le narguilé de sa bouche

At last the caterpillar took the hookah out of its mouth

et il s'adressa à Alice d'une voix languissante et endormie

and he addressed Alice in a languid, sleepy voice

« Qui es-tu ? » demanda la chenille

"Who are you?" said the caterpillar

Alice a répondu, plutôt timidement : « Je sais à peine, monsieur. »

Alice replied, rather shyly, "I hardly know, sir"

« Juste pour le moment, c'est un peu... »

"just at the moment it's all a bit..."

« Je sais qui j'étais quand je me suis levé ce matin" »

"I know who I was when I got up this morning""

« mais je pense que j'ai dû changer plusieurs fois depuis »

"but I think I must have changed several times since then"

« Qu'est-ce que tu veux dire par là ? » dit la chenille

"What do you mean by that?" said the caterpillar

sévèrement, la chenille lui demanda de s'expliquer

sternly the caterpillar asked her to explain herself
— Je ne peux pas m'expliquer, j'en ai peur, monsieur, dit
Alice
"I can't explain myself, I'm afraid, sir," said Alice
« parce que je ne suis pas moi-même »
"because I'm not myself"
« Vous voyez, être de tant de tailles différentes en une
journée, c'est très déroutant »
"you see, being so many different sizes in a day is very
confusing"
Elle se redressa et dit très gravement :
She pulled herself up and said very gravely:
« Je pense que tu devrais me dire qui tu es, en premier »
"I think you ought to tell me who you are, first"
« Pourquoi ? » demanda la chenille
"Why?" said the caterpillar
Alice ne voyait aucune bonne raison
Alice could not think of any good reason
et la chenille semblait être dans un état d'esprit très
désagréable
and the caterpillar seemed to be in a very unpleasant state of
mind
alors elle s'en retourna
so she turned away
« Reviens ! » la chenille l'appela
"Come back!" the caterpillar called after her
« J'ai quelque chose d'important à dire ! »
"I've something important to say!"
Alice se retourna et revint
Alice turned and came back again
« Garde ton sang-froid », dit la chenille
"Keep your temper," said the caterpillar
— C'est tout ? dit Alice
"Is that all?" said Alice
Et elle ravala sa colère de son mieux
and she swallowed her anger as well as she could
« Non, » dit la chenille

"No," said the caterpillar

La chenille déplia ses bras

the caterpillar unfolded its arms

Et il retira le narguilé de sa bouche

and he took the hookah out of his mouth again

et il a dit : « Vous pensez donc que vous avez changé, n'est-ce pas ? »

and he said, "So you think you're changed, do you?"

— J'ai peur, je suis changée, monsieur, dit Alice

"I'm afraid, I am changed, sir," said Alice

« Je ne me souviens plus des choses comme je m'en souvenais »

"I can't remember things as I used to remember them"

« et je ne reste pas plus de dix minutes de la même taille ! »

"and I don't stay the same size for more than ten minutes!"

« Quelle taille veux-tu faire ? » demanda la chenille

"What size do you want to be?" asked the caterpillar

— Oh, ma taille ne me dérange pas particulièrement, répondit vivement Alice

"Oh, I don't particularly mind what size I am," Alice hastily replied

« Je n'aime pas changer de taille si souvent, vous savez »

"I just don't like changing size so often, you know"

« J'aimerais être un peu plus grand, monsieur »

"I would like to be a little larger, sir"

— Si cela ne vous dérange pas, ajouta Alice

"if you wouldn't mind," added Alice

« Dix centimètres, c'est une taille si misérable »

"Ten centimetres is such a wretched height to be"

« C'est une très bonne hauteur en effet ! » dit la chenille avec colère

"It is a very good height indeed!" said the caterpillar angrily

et il se redressa tout en parlant

and he reared itself upright as he spoke

Il mesurait exactement dix centimètres de haut

he was exactly ten centimetres high

Au bout d'une minute ou deux, la chenille s'est détachée du

champignon
In a minute or two, the caterpillar got down off the mushroom
et il s'enfonça en rampant dans l'herbe
and he crawled away into the grass
En s'éloignant, il fit quelques petites remarques
as he went away, he made some little remarks
« Un côté vous fera grandir »
"One side will make you grow taller"
« Et l'autre côté te fera rapetisser »
"and the other side will make you grow shorter"
« Un côté de quoi ? » pensa Alice en elle-même
"One side of what?" thought Alice to herself
« L'autre côté de quoi ? »
"The other side of what?"
« Le côté du champignon », dit la chenille
"the side of the mushroom," said the caterpillar
C'était comme si elle avait posé sa question à haute voix
it was as if she had asked her question aloud
et un instant plus tard, il fut hors de vue
and in another moment, he was out of sight
Alice resta pensivement à regarder le champignon
Alice remained looking thoughtfully at the mushroom
Elle essayait de distinguer quels étaient les deux côtés du champignon
she was trying to make out which were the two sides of the mushroom
Enfin, elle étendit ses bras autour du champignon
At last she stretched her arms around the mushroom
Et elle cassa un peu les bords
and she broke off a bit of the edges
« Et maintenant, de quel côté est-ce ? » se dit-elle
"And now, which side is which?" she said to herself
et elle grignota un peu du mors de la main droite
and she nibbled a little of the right-hand bit
L'instant d'après, elle sentit un violent coup sous son menton
The next moment she felt a violent blow underneath her chin

Son menton avait heurté son pied !

her chin had struck her foot!

Elle fut bien effrayée par ce changement très soudain

She was a good deal frightened by this very sudden change

Elle rétrécissait très rapidement

she was shrinking very rapidly

Alors elle a rapidement mangé un peu de l'autre morceau de champignon

so she quickly ate some of the other bit of mushroom

Son menton était très serré contre son pied

Her chin was pressed very closely against her foot

Il y avait à peine de la place pour ouvrir la bouche

there was hardly room to open her mouth

mais elle parvint enfin à ouvrir la bouche

but she did at last manage to open her mouth

et elle avala un morceau du mors de la main gauche

and she swallowed a morsel of the left-hand bit

« Ma tête a enfin été libérée ! » dit Alice

"my head's been freed at last!" said Alice

Elle baissa les yeux sur elle-même

she looked down at herself

mais tout ce qu'elle pouvait voir, c'était une immense longueur de cou

but all she could see was an immense length of neck

Son cou semblait se dresser comme une tige

her neck seemed to rise like a stalk

et elle baissa les yeux sur une mer de feuilles vertes

and she looked down over a sea of green leaves

« Où sont passées mes épaules ? »

"Where have my shoulders gotten to?"

« Et oh, mes pauvres mains, comment se fait-il que je ne puisse pas vous voir ? »

"And oh, my poor hands, how is it I can't see you?"

Mais son cou avait un avantage

but her neck did have one benefit

Elle pouvait bouger la tête dans n'importe quelle direction

she could move her head in any direction

En fait, elle était comme un serpent
in fact, she was just like a serpent
Elle zigzague gracieusement, la tête baissée
she gracefully zigzagged her head down
et elle remua la tête à travers les arbres
and she moved her head through the trees
Mais elle entendit alors un sifflement aigu
but then she heard a sharp hiss
Et elle tira rapidement la tête en arrière
and she quickly pulled her head back
Un gros pigeon lui avait volé au visage
a large pigeon had flown into her face
et le pigeon était violemment avec ses ailes
and the pigeon was violently with its wings

« Serpent ! » cria le pigeon
"Serpent!" cried the pigeon
« Je ne suis pas un serpent ! » dit Alice avec indignation
"I'm not a serpent!" said Alice indignantly
« Laisse-moi tranquille ! »
"Leave me alone!"
« J'ai essayé les racines des arbres »
"I've tried the roots of trees"
— Et j'ai essayé des haies, continua le pigeon
"and I've tried hedges," the pigeon went on
« Mais ces serpents ! Il n'y a pas moyen de leur plaire !
"but those serpents! There's no pleasing them!"
Alice était de plus en plus perplexe
Alice was more and more puzzled
« Comme si ce n'était pas assez compliqué de faire éclore les
œufs », a déclaré le pigeon
"As if it wasn't trouble enough hatching the eggs," said the
pigeon
« Nuit et jour, je dois aussi faire attention aux serpents ! »
"by night and day I must look out for serpents too!"
« Je venais de trouver l'arbre le plus haut de la forêt »
"I had just found the highest tree in the forest"
« Je serais sûrement libre des serpents ici ? »
"surely I'd be free from serpents here?"
« Et un serpent sort du ciel ! »
"and out comes a serpent from the sky!"
« Mais je ne suis pas un serpent, je vous le dis ! » dit Alice
"But I'm not a serpent, I tell you!" said Alice
"Je suis un... Je suis un... Je suis une petite fille, ajouta-t-elle
d'un air un peu dubitatif
"I'm a... I'm a... I'm a little girl," she added rather doubtfully
Après tout, elle avait traversé beaucoup de changements
she had after all been going through a lot of changes
« Tu cherches des œufs », dit le pigeon
"You're looking for eggs," said the pigeon
« Je le sais pertinemment »
"I know that for a fact"

« Et qu'importe que vous soyez une petite fille ou un serpent ? »
"and what does it matter if you're a little girl or a serpent?"
— Cela m'importe beaucoup, dit Alice à la hâte
"It matters a good deal to me," said Alice hastily
« mais je ne cherche pas d'œufs, en l'occurrence »
"but I'm not looking for eggs, as it happens"
« et je ne voudrais pas de tes œufs de toute façon »
"and I wouldn't want your eggs anyway"
« Je n'aime pas mes œufs crus »
"I don't like my eggs raw"
« Eh bien, allez-vous-en ! » dit le pigeon d'un ton boudeur
"Well, be off then!" said the pigeon in a sulky tone
et le pigeon se posa de nouveau dans son nid
and the pigeon settled down again into its nest
Alice s'accroupit parmi les arbres du mieux qu'elle put
Alice crouched down among the trees as well as she could
Son cou ne cessait de s'emmêler parmi les branches
her neck kept getting entangled among the branches
De temps en temps, elle devait s'arrêter et se tordre le cou
every now and then she had to stop and untwist her neck
Au bout d'un moment, elle se souvint du champignon
After awhile she remembered the mushroom
Elle tenait toujours les morceaux de champignon dans ses mains
she still held the pieces of mushroom in her hands
et elle se mit à l'œuvre avec beaucoup de soin
and she set to work very carefully
D'abord, elle a grignoté un morceau
first she nibbled at one piece
puis elle grignota l'autre morceau
and then she nibbled at the other piece
Parfois, elle grandissait
sometimes she grew taller
et parfois elle devenait plus petite
and sometimes she grew shorter
Mais finalement, elle a atteint sa taille habituelle

but finally she achieved her usual height

Elle n'avait pas été de sa taille depuis un certain temps

she hadn't been her own height for some time

Tout m'a semblé étrange pendant un moment

so everything felt strange for a while

« La prochaine chose à faire est d'entrer dans ce beau jardin »

"The next thing to do is to get into that beautiful garden"

« Comment cela se fera-t-il, je me demande ? »

"how is that to be done, I wonder?"

En disant cela, elle tomba sur un endroit ouvert

As she said this, she came upon an open place

Il y avait une petite maison, un peu plus haute qu'un mètre

there was a little house, a bit higher than a metre

« Je me demande qui habite cette petite maison »

"I wonder who lives in this little house"

« Je ne peux certainement pas y aller aussi grand que je le suis »

"I certainly can't go in as big as I am"

« Je les effrayerais terriblement ! »

"I would frighten them terribly!"

alors elle grignota à nouveau le petit champignon

so she nibbled at the little mushroom again

et bientôt elle s'abaissa de trente centimètres

and soon she brought herself down thirty centimetres

Un cochon et du poivre

A pig and some pepper

Pendant une minute ou deux, elle resta à regarder la maison

For a minute or two she stood looking at the house

Soudain, un valet de pied sortit en courant des bois

suddenly a footman came running out of the woods

Il portait un uniforme de livrée spécial

he was wearing a special livery uniform

à en juger par son seul visage, elle l'aurait traité de poisson

judging by his face only, she would have called him a fish

et il frappa bruyamment à la porte avec ses jointures

and he rapped loudly at the door with his knuckles

La porte fut ouverte par un autre valet de pied

the door was opened by another footman

Ce valet de pied portait également une livrée spéciale

this footman too was wearing a special livery

Ce valet de pied avait un visage rond et de grands yeux comme une grenouille

this footman had a round face and large eyes like a frog

C'est le valet de pied qui ressemblait à un poisson qui a
initié la cérémonie
The footman that looked like a fish initiated the ceremony
Il sortit quelque chose de sous son bras
he pulled out something from under his arm
et il tira de dessous son bras une enveloppe
and he pulled out from under his arm an envelope
et cette enveloppe, il la remit à l'autre valet de pied
and this envelope he handed over to the other footman
D'un ton cérémoniel, il lui donna les ordres
in a ceremonious tone he told him the orders
« Ce message s'adresse à la duchesse »
"This message is for the Duchess"
« Une invitation de la reine à jouer au croquet »
"An invitation from the queen to play croquet"
Le valet de pied qui ressemblait à une grenouille répéta
l'ordre
The footman that looked like a frog repeated the order
« De la reine »
"from the queen"
« Une invitation »
"an invitation"
« pour la duchesse »
"for the Duchess"
« Jouer au croquet »
"playing croquet"
Puis ils s'inclinèrent tous les deux
Then they both bowed low
et les boucles de leurs perruques s'emmêlèrent
and the curls in their wigs got entangled together
Bientôt, le valet de pied qui ressemblait à un poisson a
disparu
soon the footman that looked like a fish was gone
Mais le valet de pied qui ressemblait à une grenouille était
toujours là
but the footman that looked like a frog was still there
Il était assis par terre près de la porte

he was sitting on the ground near the door
Il regardait bêtement le ciel
he was staring stupidly up into the sky
Alice s'approcha timidement de la porte et frappa
Alice went timidly up to the door and knocked
— Il ne sert à rien de frapper, dit le valet de pied
"There's no use in knocking," said the footman
« Et ce, pour deux raisons »
"and that is for two reasons"
« D'abord, parce que je suis du même côté de la porte que toi »
"First, because I'm on the same side of the door as you are"
« Deuxièmement, parce qu'ils font tellement de bruit à l'intérieur »
"secondly, because they're making so much noise inside"
« Personne ne pouvait vous entendre »
"no one could possibly hear you"
Et il y avait certainement un bruit des plus extraordinaires à l'intérieur
And there certainly was a most extraordinary noise going on within
des hurlements et des éternuements constants
a constant howling and sneezing
et de temps en temps un bruit de grand fracas
and every now and then a sound of great crashing
comme si un plat ou une bouilloire avait été brisé en morceaux
as if a dish or kettle had been broken to pieces
« Comment vais-je entrer ? » demanda Alice
"How am I to get in?" asked Alice
— Faut-il que tu entres ? dit le valet de pied
"Should you get in at all?" said the footman
« C'est la première question, vous savez »
"That's the first question, you know"
Alice ouvrit la porte et entra
Alice opened the door and went in
La porte menait directement à une grande cuisine

The door led right into a large kitchen
La cuisine était pleine de fumée d'un bout à l'autre
the kitchen was full of smoke from one end to the other
au milieu de la cuisine se trouvait la duchesse
in the middle of the kitchen was the Duchess
Elle était assise sur un tabouret à trois pieds
she was sitting on a three-legged stool
et elle allaitait un bébé
and she was nursing a baby
Le cuisinier était penché au-dessus du feu
the cook was leaning over the fire
Il remuait un grand chaudron
he was stirring a large caldron
et le chaudron semblait être plein de soupe
and the caldron seemed to be full of soup
« Il y a certainement trop de poivre dans cette soupe ! » Alice se dit
"There's certainly too much pepper in that soup!" Alice said to herself
Elle l'a dit du mieux qu'elle a pu sans éternuer
she said it as best she could without sneezing
Même la duchesse éternuait de temps en temps
Even the Duchess sneezed occasionally
Mais les actions du bébé étaient les plus remarquables
but the baby's actions were the most noteworthy
Le bébé éternuait et hurlait alternativement
the baby was sneezing and howling alternately
Il n'y avait pas un instant de pause entre les hurlements et les éternuements
there was not a moment's pause between howling and sneezing
Il y avait deux créatures dans la cuisine qui n'éternuaient pas
There were two creatures in the kitchen that did not sneeze
Le cuisinier était trop occupé pour éternuer
the cook was too busy to sneeze
et le gros chat ne semblait pas se soucier du poivre

and the large cat did not seem to mind the pepper
Au lieu de cela, le gros chat souriait d'une oreille à l'autre
instead, the large cat was grinning from ear to ear
— Pourriez-vous me le dire, s'il vous plaît, dit Alice un peu timidement
"Please would you tell me," said Alice, a little timidly
« Pourquoi ton chat sourit-il comme ça ? »
"why is your cat grinning like that?"
« C'est un Cheshire-Cat, » dit la duchesse
"It's a Cheshire-Cat," said the Duchess
« Et c'est pourquoi il sourit d'une oreille à l'autre »
"and that's why he's grinning from ear to ear"
« Je ne savais pas qu'un Cheshire-Cat souriait toujours »
"I didn't know that a Cheshire-Cat always grinned"
« En fait, je ne savais pas que les chats pouvaient sourire », a déclaré Alice
"in fact, I didn't know that cats could grin," said Alice
— Il y a beaucoup de choses que vous ne savez pas, dit la duchesse
"there is much you don't know," said the Duchess
« Il y a beaucoup de choses que vous ne savez pas et c'est un fait »
"there is much you don't know and that's a fact"
Juste à ce moment-là, le cuisinier retira le chaudron de soupe du feu
Just then the cook took the caldron of soup off the fire
et aussitôt, elle commença à jeter tout ce qui était à sa portée
and at once she started throwing everything within her reach
elle jeta tout ce qu'elle put sur la duchesse et le bébé
she threw everything she could at the Duchess and the babe
D'abord, elle jeta les fers à feu
first she threw the fire-irons
Puis elle a jeté une poignée de casseroles
then she threw a handful of saucepans
et enfin elle jeta les assiettes et les plats
and finally she threw the plates and dishes
La duchesse ne fit pas attention à elle

The Duchess took no notice of her

Même lorsqu'elle a été frappée par une assiette, elle ne s'est pas inquiétée

even when she was hit by a plate she did not worry

Le bébé hurlait déjà tellement

the baby was already howling so much

Il était donc impossible de dire si les coups blessaient le bébé ou non

so it was impossible to say whether the blows hurt the baby or not

« Oh, je vous en prie, faites attention à ce que vous faites ! » s'écria Alice

"Oh, please mind what you're doing!" cried Alice

et elle sautait de haut en bas dans une agonie de terreur

and she jumped up and down in an agony of terror

la duchesse offrit le bébé à Alice

the Duchess offered Alice the baby

« Ici ! Tu peux allaiter un peu le bébé, si tu veux !

"Here! You may nurse the baby a bit, if you like!"

et elle lui lança l'enfant tout en parlant

and she flung the baby at her as she spoke

« Je dois aller me préparer à jouer au croquet avec la reine »

"I must go and get ready to play croquet with the queen"

et elle se hâta de sortir de la chambre

and she hurried out of the room

Alice attrapa le bébé avec quelque difficulté

Alice caught the baby with some difficulty

parce que c'était une petite créature de forme très étrange

because it was a very odd-shaped little creature

et l'enfant tendit les bras et les jambes dans toutes les directions

and the baby held out its arms and legs in all directions

« Je ferais mieux d'emmener cet enfant avec moi », pensa Alice

"I better take this child away with me," thought Alice

« Ils sont sûrs de tuer ce bébé dans un jour ou deux »

"they're sure to kill this baby in a day or two"

« Ne serait-ce pas un meurtre de laisser ce bébé derrière soi ? »

"Wouldn't it be murder to leave this baby behind?"

Elle prononça les derniers mots à haute voix

She said the last words out loud

Et la petite créature grogna en réponse

and the little thing grunted in reply

« Tu ferais mieux de ne pas te transformer en cochon, ma chère, » dit Alice

"you best not turn into a pig, my dear," said Alice

« ou alors je n'aurai plus rien à faire avec toi »

"or else I'll have nothing more to do with you"

Alice commençait à peine à penser en elle-même :

Alice was just beginning to think to herself:

« Maintenant, que vais-je faire de cette créature, quand je la ramène à la maison ? »

"Now, what am I to do with this creature, when I get it home?"

Mais alors la petite créature grogna un peu violemment

but then the little creature grunted a little violently

et Alice baissa les yeux sur son visage avec une certaine inquiétude

and Alice looked down into its face in some alarm

Cette fois, il ne pouvait y avoir d'erreur à ce sujet

This time there could be no mistake about it

Ce n'était ni plus ni moins qu'un cochon

it was neither more nor less than a pig

alors elle déposa la petite créature

so she set the little creature down

et la petite créature s'éloigna tranquillement dans le bois

and the little creature trot away quietly into the wood

Alice se sentit tout à fait soulagée de voir la créature partir

Alice felt quite relieved to see the creature go

Alice fut un peu surprise en voyant le Chat-Cheshire

Alice was a little startled by seeing the Cheshire-Cat

Il était assis sur une branche d'arbre à quelques mètres de là

it was sitting on a bough of a tree a few yards off

Le chat ne sourit que lorsqu'il la vit

The cat only grinned when it saw her

« Chat du Cheshire », commença Alice un peu timidement

"Cheshire-cat," began Alice, rather timidly

« Pourriez-vous s'il vous plaît me dire dans quelle direction
je dois aller à partir d'ici ? »

"would you please tell me which way I ought to go from
here?"

« Dans cette direction », dit le chat

"In that direction," the cat said

et il agita la patte droite

and it waved the right paw around

« C'est dans cette direction que vit un fabricant de
chapeaux »

"In that direction lives a maker of hats"

puis le chat agita son autre patte

and then the cat waved its other paw

« Et dans cette direction vit un lièvre de marche »

"and in that direction lives a march hare"

« Visitez l'un ou l'autre de vos goûts ; Ils sont tous les deux
fous"

"Visit either you like; they're both mad"

— Mais je ne veux pas aller parmi des fous, remarqua Alice

"But I don't want to go among mad people," Alice remarked

« Oh, tu ne peux pas t'en empêcher, » dit le Chat

"Oh, you can't help that," said the Cat

« Nous sommes tous fous ici »

"we're all mad here"

« Tu joues au croquet avec la reine aujourd'hui ? »

"are you playing croquet with the queen today?"

— J'aimerais beaucoup, dit Alice

"I would like to very much," said Alice

« mais je n'ai pas encore été invité »

"but I haven't been invited yet"

« Tu me verras là-bas », dit le Chat

"You'll see me there," said the Cat

et d'un instant à l'autre le chat disparaissait

and from one moment to the next the cat vanished

bientôt Alice arriva en vue de la maison du lièvre de marche

soon Alice got in sight of the house of the march hare

C'était une très grande maison

this was a very large house

alors Alice ne voulait pas s'approcher de la maison

so Alice did not want to go near the house

D'abord, elle a dû grignoter un peu plus du morceau de champignon du côté gauche

first she had to nibble some more of the left side bit of mushroom

Un thé fou

a mad tea-party

Devant la maison, il y avait un arbre

In front of the house there was a tree

et sous l'arbre, il y avait une table

and under the tree there was a table

et la table était dressée avec toutes sortes de couverts

and the table was set with all sorts of cutlery

Le lièvre de mars et le chapelier étaient à table

the march hare and the hat maker were at the table

et ensemble ils prenaient le thé

and together they were having tea

Un loir était assis entre eux

a dormouse was sitting between them

et le loir dormait profondément

and the dormouse was fast asleep

La table était d'une taille extraordinaire

The table was of extraordinary size

mais la majeure partie de la table était inoccupée

but most of the table was unoccupied

Ils étaient assis serrés les uns contre les autres dans un coin de la table

they sat crowded together at one corner of the table

et pourtant ils s'excusaient quand ils voyaient Alice

and yet they made excuses when they saw Alice

« Pas de place ! Pas de place ! » crièrent-ils

"No room! No room!" they cried out

« Il y a beaucoup de place ! » dit Alice avec indignation

"There's plenty of room!" said Alice indignantly

À l'une des extrémités de la table, il y avait un grand fauteuil

at one end of the table there was a large arm-chair

et Alice s'assit dans le fauteuil

and Alice sat herself in the armchair

Le chapelier ouvrit de grands yeux

the hat maker opened his eyes very wide

Il n'arrivait pas à croire ce qu'il voyait

he couldn't believe what he was seeing
Mais son esprit était curieux d'autres choses
but his mind was curious about other things
« Pourquoi un corbeau est-il comme un bureau ? »
"Why is a raven like a writing-desk?"
Alice était prête à relever le défi
Alice was open to the challenge
« Je suis content qu'ils aient commencé à poser des énigmes »
"I'm glad they've begun asking riddles"
— Je crois que je peux le deviner, ajouta-t-elle à haute voix
"I believe I can guess that," she added aloud
Le lièvre de mars s'est curieux de connaître Alice
The march hare grew curious about Alice
« Pensez-vous vraiment que vous pouvez trouver la réponse ? »
"Do you really think you can find the answer?"
— Je crois que je peux trouver la réponse, en effet, dit Alice
"I think I can find the answer indeed," said Alice
« Alors, tu devrais dire ce que tu veux dire », continua le lièvre de marche
"Then you should say what you mean," the march hare went on
— Je dis ce que je pense, répondit vivement Alice
"I do say what I mean," Alice hastily replied
« à tout le moins, je pense ce que je dis »
"at the very least I mean what I say"
« C'est la même chose, vous savez »
"that's the same thing, you know"
Le loir a également contribué à la conversation
the dormouse also contributed to the conversation
mais le loir semblait parler dans son sommeil
but the dormouse seemed to be talking in its sleep
« Je respire quand je dors »
"I breathe when I sleep"
« Je dors quand je respire ! »
"I sleep when I breathe!"

« Autant dire qu'ils sont les mêmes aussi »

"you might as well say they are the same too"

« C'est la même chose pour toi », dit le chapelier

"It is the same thing with you," said the hat maker

Et il versa un peu de thé sur le nez du loir

and he poured a little tea on the dormouse's nose

Le Loir secoua la tête avec impatience

The Dormouse shook its head impatiently

et le loir parla de nouveau, sans ouvrir les yeux

and again the dormouse spoke, without opening its eyes

« Bien sûr, bien sûr que c'est la même chose »

"Of course, of course it is the same"

« C'est juste ce que j'allais dire moi-même »

"that's just what I was going to say myself"

Le chapelier se tourna vers Alice et lui posa une autre question

The hat maker turned to Alice and asked another question

« As-tu déjà deviné l'énigme ? »

"Have you guessed the riddle yet?"

« Non, j'abandonne », a concédé Alice

"No, I give up," Alice conceded

« Quelle est la réponse ? » voulait-elle savoir

"What's the answer?" she wanted to know

— Je n'en ai pas la moindre idée, dit le chapelier

"I haven't the slightest idea," said the hat maker

« Moi non plus, » dit le lièvre de marche

"Nor do I know," said the march hare

Alice poussa un soupir de lassitude

Alice gave a weary sigh

« Il y a de meilleures utilisations du temps que des énigmes sans réponses »

"there are better uses of time than riddles without answers"

« Prends encore du thé », dit le lièvre de marche à Alice, très sérieusement

"have some more tea," the march hare said to Alice, very earnestly

Alice était assez offensée par l'offre

Alice was quite offended by the offer

— Je n'ai pas encore pris de thé, répondit Alice

"I've had not had tea yet," Alice replied

« donc je ne peux plus prendre de thé »

"therefore I can't have any more tea"

— Vous voulez dire que vous ne pouvez pas prendre moins de thé, dit le chapelier

"You mean you can't have less tea," said the hat maker

« C'est très facile de prendre plus que rien »

"it's very easy to take more than nothing"

À ces mots, Alice se leva et s'en alla

At this, Alice got up and walked off

Le loir s'endormit instantanément

The dormouse fell asleep instantly

et ni l'un ni l'autre ne firent la moindre attention à son départ
and neither of the others took the least notice of her going
bien qu'elle ait regardé en arrière une ou deux fois
though she looked back once or twice
Ils essayaient de mettre le loir dans la théière
they were trying to put the dormouse into the tea-pot
« En tout cas, je n'y retournerai plus ! » dit Alice
"At any rate, I'll never go there again!" said Alice
et elle se fraya un chemin à travers les bois
and she walked her way through the woods
« c'était le thé le plus stupide auquel j'aie jamais assisté »
"that was the stupidest tea-party I've ever been to"
Juste au moment où elle disait cela, elle remarqua quelque chose
Just as she said this, she noticed something
L'un des arbres avait une porte qui y menait directement
one of the trees had a door leading right into it
« C'est très intéressant ! » a-t-elle pensé
"That's very interesting!" she thought
« Je pense que je peux aussi bien passer la porte »
"I think I may as well go through the door"
Et elle passa par la porte
And through the door she went
Une fois de plus, elle se retrouva dans le long couloir
Once more she found herself in the long hall
de nouveau, elle était près de la petite table de verre
again she was close to the little glass table
Elle prit la petite clé d'or
she took the little golden key
et elle ouvrit la porte qui donnait sur le jardin
and she unlocked the door that led into the garden
Puis elle s'est mise au travail pour grignoter le champignon
Then she set to work nibbling at the mushroom
Elle avait gardé un morceau du champignon dans sa poche
she had kept a piece of the mushroom in her pocket
Et finalement, elle mesurait environ un mètre

and finally she was about a metre tall
Puis elle descendit le petit couloir
then she walked down the little corridor
Et puis elle s'est finalement retrouvée dans le magnifique jardin
and then she finally found herself in the beautiful garden
et elle était parmi les fleurs brillantes et les fontaines fraîches
and she was among the bright flower and the cool fountains

Le terrain de croquet de la reine

The queen's croquet ground

Un grand rosier se dressait près de l'entrée du jardin

A large rose-tree stood near the entrance of the garden

Les roses qui poussaient sur l'arbre étaient blanches

the roses growing on the tree were white

Mais il y avait trois jardiniers qui peignaient la rose

but there were three gardeners painting the rose

Ils étaient occupés à peindre les roses en rouge

they were busily painting the roses red

et Alice les regardait peindre les roses en rouge

and Alice was watching them paint the roses red

et soudain leurs yeux tombèrent par hasard sur Alice

and suddenly their eyes chanced to fall upon Alice

Alice parlait un peu timidement

Alice spoke a little timidly

« Pourriez-vous me le dire, s'il vous plaît ? »

"Would you tell me, please;"

« Pourquoi peignez-vous tous ces roses ? »

"why are you all painting those roses?"

cinq et sept ne dirent rien, mais regardèrent deux

five and seven said nothing, but looked at two

deux d'entre eux parlèrent à voix basse

two spoke, in a low voice

— Eh bien, le fait est, voyez-vous, madame.

"Why, the fact is, you see, madam"

« Celui-ci aurait dû être un rosier rouge »

"this here ought to have been a red rose-tree"

« Et nous avons mis un rosier blanc par erreur »

"and we put a white rose-tree in by mistake"

« Comme vous en conviendrez, la reine ne doit pas le découvrir »

"as you would agree, the queen must not find out"

« Sinon, nous aurions tous la tête tranchée »

"else we would all have our heads cut off"

« Alors vous voyez, madame, nous faisons de notre mieux »

"So you see, madam, we're doing our best"

La cinquième carte avait regardé anxieusement à travers le jardin

card five had been anxiously looking across the garden

À ce moment, la cinquième carte cria : « La dame ! La reine !

At this moment card five called out, "The queen! The queen!"

Et les trois jardiniers s'enfuirent aussitôt

and the three gardeners instantly scurried away

et ils se jetèrent à plat ventre

and they threw themselves flat upon their faces

Il y eut un bruit de nombreux pas

There was a sound of many footsteps

Alice regarda autour d'elle, impatiente de voir la reine

Alice looked around, eager to see the queen

Au début de la procession se trouvaient dix soldats

At the start of the procession were ten soldiers

leurs mains et leurs pieds étaient dans les coins

their hands and feet were in the corners

et dans leurs mains et leurs pieds étaient des massues

and in their hands and feet were clubs

Venaient ensuite les dix courtisans

next came the ten courtiers

Les courtisans étaient partout ornés de diamants

the courtiers were ornamented all over with diamonds

Après les courtisans sont venus les enfants royaux

After the courtiers came the royal children

Il y avait dix enfants royaux

there were ten of the royal children

et tous les enfants royaux étaient ornés de cœurs

and all the royal children were ornamented with hearts

Venaient ensuite les invités ; principalement des rois et des reines

Next came the guests; mostly kings and queens

et parmi les rois et la reine, Alice vit quelqu'un

and among the kings and queen Alice saw someone

Elle revit le lapin blanc qu'elle avait chassé

she saw again the white rabbit she had chased

Le cortège était suivi par le valet de cœur

The procession was followed the knave of hearts
Il portait la couronne du roi
he was carrying the king's crown
et la couronne du roi était sur un coussin de velours cramoisi
and the king's crown was on a crimson velvet cushion
Et puis vint la fin de ce grand cortège
and then came the end of this grand procession
Et là, à la fin, il y avait le Roi et la Reine de Cœur
and there at the end were the king and queen of hearts
le cortège arriva en face d'Alice
the procession came opposite to Alice
et ils s'arrêtèrent tous et la regardèrent
and they all stopped and looked at her
et la reine dit sévèrement : « Qui est-ce ? »
and the queen said severely, "Who is this?"
Elle l'a dit au Valet de Cœur
She said it to the Knave of Hearts
Mais il s'est contenté de s'incliner et de sourire en réponse
but he just bowed and smiled in reply
Alice parla très poliment
Alice spoke very politely
« Je m'appelle Alice, alors faites plaisir à Votre Majesté »
"My name is Alice, so please your majesty"
Mais elle avait d'autres pensées pour elle-même
but she had other thoughts to herself
« Ce n'est qu'un jeu de cartes, après tout ! »
"they're only a pack of cards, after all!"
« Savez-vous jouer au croquet ? » cria la reine
"Can you play croquet?" shouted the queen
La question était évidemment destinée à Alice
The question was evidently meant for Alice
— Oui ! dit Alice d'une voix forte
"Yes!" said Alice loudly
« Venez jouer alors ! » rugit la reine
"Come play then!" roared the queen
une voix timide s'adressa à Alice
a timid voice spoke to Alice

« C'est une très belle journée ! »
"it's a very fine day!"
Elle se promenait près du lapin blanc
She was walking by the white rabbit
et le Lapin Blanc jetait un coup d'œil anxieux sur son visage
and the White Rabbit was peeping anxiously into her face
« Une très belle journée, en effet, confirma Alice
"a very fine day indeed," confirmed Alice
« Où est la duchesse ? »
"Where's the duchess?"
« Chut ! Chut ! dit le Lapin
"Hush! Hush!" said the Rabbit
« Elle est sous le coup d'une sentence d'exécution »
"She's under sentence of execution"
« Pourquoi est-elle exécutée ? » demanda Alice
"What is she being executed for?" asked Alice
« Elle a éraflé les oreilles de la reine », commença le lapin
"She scuffed the queen's ears," the rabbit began
cria la reine d'une voix de tonnerre
the queen shouted in a voice of thunder
« Retournez à vos endroits ! »
"Get to your places!"
et les gens se mirent à courir dans toutes les directions
and people began running about in all directions
et ils tombèrent tous les uns contre les autres
and they all tumbled up against each other
Cependant, ils se sont calmés en une minute ou deux
However, they got settled down in a minute or two
Et puis le jeu a commencé
and then the game began
Alice n'avait jamais vu un terrain de croquet aussi curieux
Alice had never seen such a curious croquet ground
L'herbe n'était que crêtes et sillons
the grass was all ridges and furrows
Les boules de croquet étaient de vrais hérissons
The croquet balls were real hedgehogs
Et les maillets étaient de vrais flamants roses

and the mallets were real flamingos
et les soldats se tinrent sur leurs mains et leurs pieds
and the soldiers stood on their hands and feet
Parce que les arches ont été faites à partir de leurs corps
because the arches was made from their bodies
Les joueurs ont tous joué en même temps
The players all played at once
Personne n'attendait son tour
nobody waited for their turns
et tout le monde se querellait avec tout le monde
and everyone quarrelled with everyone
et tous se battaient pour les hérissons
and all were fighting for the hedgehogs
Bientôt, la reine fut dans une colère furieuse
soon the queen was in a furious passion
et elle s'est mise à piétiner et à crier
and she started stamping about and shouting
« Coupez-lui la tête ! »
"Chop off his head!"
« Coupez-lui la tête ! »
"Chop off her head!"
« Coupez-leur la tête ! »
"Chop all their heads off!"
De nouveau, Alice pensa en elle-même
Again Alice thought to herself
« Ils sont affreusement friands de décapiter les gens ici »
"They're dreadfully fond of beheading people here"
**« Ce qui est très étonnant, c'est qu'il reste quelqu'un en vie !
»**
"the great wonder is that there's anyone left alive!"
Elle cherchait un moyen de s'échapper
She was looking about for some way of escape
Elle remarqua une curieuse apparition dans l'air
she noticed a curious appearance in the air
« C'est le chat du Cheshire », se dit-elle
"It's the Cheshire-cat," she said to herself
« maintenant j'aurai quelqu'un à qui parler »

"now I shall have somebody to talk to"
« Comment vas-tu ? » dit le chat
"How are you getting on?" said the cat
« Je ne pense pas qu'ils jouent du tout équitablement », a déclaré Alice
"I don't think they play at all fairly," Alice said
et elle avait un ton plutôt plaintif
and she had a rather complaining tone
« Ils se querellent tous si affreusement »
"they all quarrel so dreadfully"
« On ne s'entend pas parler »
"one can't hear oneself speak"
« Et ils ne semblent pas jouer selon des règles »
"and they don't seem to play by any rules"
le chat a posé une question à Alice à voix basse
the cat asked Alice a question in a low voice
« Comment aimez-vous la reine ? »
"How do you like the queen?"
— Je ne l'aime pas du tout, dit Alice
"I don't like her at all," said Alice

Alice pensa qu'elle ferait aussi bien d'y retourner

Alice thought she might as well go back

Elle voulait voir comment le match se passait

she wanted to see how the game was going

Elle est partie à la recherche de son hérisson

she went off in search of her hedgehog

Le hérisson était occupé à combattre un autre hérisson

The hedgehog was busy fighting another hedgehog

C'était une excellente occasion

this was an excellent opportunity

Elle pouvait croquer un hérisson avec l'autre

she could croquet one hedgehog with the other

Mais son flamant rose était de l'autre côté du jardin

but her flamingo was on the other side of the garden

Le flamant rose était plutôt maladroit

the flamingo was rather clumsy

Son flamant rose essayait de s'envoler dans un arbre

her flamingo was trying to fly up into a tree

Elle attrapa le flamant rose par la patte

She caught the flamingo by the leg

Et elle glissa le flamant rose sous son bras

and she tucked the flamingo away under her arm

De cette façon, le flamant rose ne pouvait plus s'échapper

that way the flamingo couldn't escape again

Juste à ce moment-là, Alice rencontra la duchesse

Just then Alice happened to meet the duchess

La duchesse était maintenant sortie de prison

The duchess was now out of prison

Elle glissa affectueusement son bras sous celui d'Alice

She tucked her arm affectionately under Alice's arm

puis ils sont partis ensemble

and then they walked off together

Alice était très heureuse de la trouver d'une humeur si agréable

Alice was very glad to find her in such a pleasant temper

Elle était cependant un peu surprise

She was a little startled, however

Elle entendit la voix de la duchesse près de son oreille
she heard the voice of the duchess close to her ear
« Tu penses à quelque chose, ma chérie »
"You're thinking about something, my dear"
« Et ça fait oublier de parler »
"and that makes you forget to talk"
« Le jeu se passe un peu mieux maintenant », a déclaré Alice
"The game's going on rather better now," Alice said
C'était une façon de poursuivre la conversation
it was one way of keeping the conversation going
— C'est vrai, dit la duchesse
"it is so indeed," said the duchess
« Et la morale de cela est la suivante : »
"and the moral of that is this:"
« C'est l'amour qui fait tout ! »
"It is love that does it all!"
« L'amour est ce qui fait tourner le monde »
"Love is what makes the world go around"
Alice avait une autre explication
Alice had another explanation
« C'est fait par tout le monde qui s'occupe de ses propres
affaires ! »
"it's done by everybody minding his own business!"
— Ah ! Vous pourriez avoir raison"
"Ah, well! You could be right"
— Tout cela signifie à peu près la même chose, dit la
duchesse
"It all means much the same thing," said the Duchess
et elle enfonça son petit menton pointu dans l'épaule d'Alice
and she dug her sharp little chin into Alice's shoulder
« Et la morale de cela est la suivante »
"and the moral of that is this"
« Prendre soin du sens »
"Take care of the sense"
« Et puis les sons prendront soin d'eux-mêmes »
"and then the sounds will take care of themselves"
Mais alors le bras de la duchesse se mit à trembler

but then the duchess's arm began to tremble
Alice leva les yeux et la reine se tenait là
Alice looked up and there stood the queen
La reine avait les bras croisés
the queen had her arms folded
Et elle fronçait les sourcils comme un orage !
and she was frowning like a thunderstorm!
« Je vous préviens », cria la reine
"I give you fair warning," shouted the queen
et elle piétina le sol tout en parlant
and she stomped on the ground as she spoke
« Soit ta tête, soit sa tête doit être coupée »
"either your head or her head must be off"
« Faites votre choix ! »
"Take your choice!"
« Et soyez rapide à ce sujet »
"and be quick about it"
La duchesse fait son choix
The duchess made her choice
et au bout d'un instant la duchesse avait disparu
and within a moment the duchess was gone
Puis la reine s'adressa à Alice
Then the queen spoke to Alice
« Continuons le jeu »
"Let's go on with the game"
Alice était trop effrayée pour dire un mot
Alice was too frightened to say a word
et elle la suivit lentement jusqu'au terrain de croquet
and she slowly followed her back to the croquet-ground
Pendant tout ce temps, la reine s'est querellée avec les autres joueurs
the whole time the queen quarrelled with the other players
« Coupez-lui la tête ! »
"Chop off his head!"
« Coupez-lui la tête ! »
"Chop off her head!"
« Coupez-leur la tête ! »

"Chop all their heads off!"
Bientôt, tous les joueurs ont été en garde à vue
soon all the players were in custody
il ne restait que le roi, la reine et Alice
only the king, the queen, and Alice remained
Puis la reine s'en alla, tout à fait essoufflée
Then the queen left, quite out of breath
et elle s'en alla avec Alice
and she walked away with Alice
Alice entendit le roi dire quelque chose
Alice heard the king quietly say something
« Vous êtes tous pardonnés »
"You are all pardoned"
Mais soudain, un autre cri se fit entendre
but suddenly there was another cry heard
« Le procès commence ! »
"The trial is beginning!"
et Alice courut avec les autres
and Alice ran along with the others

Qui a volé les tartes ?

who stole the tarts?

Le roi et la reine de cœur étaient assis

The king and queen of hearts were seated

ils étaient sur leur trône quand Alice arriva

they were on their throne when Alice arrived

Il y avait une grande foule rassemblée autour d'eux

there was a great crowd assembled around them

Il y avait toutes sortes de petits oiseaux et de bêtes

there were all sorts of little birds and beasts

Et il y avait tout le paquet de cartes

and there was the whole pack of cards

Le coquin se tenait devant eux, enchaîné

the knave was standing in front of them, in chains

et il y avait un soldat de chaque côté pour le garder

and there was a soldier on each side to guard him

près du roi était le lapin blanc

near the King was the white rabbit

Il avait une trompette dans une main

he had a trumpet in one hand

et il avait un rouleau de parchemin dans l'autre main

and he had a scroll of parchment in the other hand

Au milieu de la cour se trouvait une table

In the very middle of the court was a table

Sur la table, il y avait un grand plat de tartes

on the table was a large dish of tarts

« J'aimerais qu'ils fassent le procès », pensa Alice

"I wish they'd get the trial done," Alice thought

« Alors nous pourrions manger quelques-uns de ces rafraîchissements ! »

"then we could eat some of those refreshments!"

Le juge, soit dit en passant, était le roi
The judge, by the way, was the king
et il portait sa couronne sur sa grande perruque
and he wore his crown over his great wig
« C'est le banc des jurés, pensa Alice
"That's the jury-box," thought Alice
« Et ces douze créatures, je suppose qu'elles sont les jurés »
"and those twelve creatures, I suppose they are the jurors"
certains étaient des animaux, et d'autres étaient des oiseaux
some were animals, and some were birds
Juste à ce moment-là, le lapin blanc a crié
Just then the white rabbit cried out
« Silence dans la cour ! »
"Silence in the court!"
« Héraut, lisez l'accusation ! » dit le roi
"Herald, read the accusation!" said the king
Le lapin blanc souffla trois coups de trompette
the white rabbit blew three blasts on the trumpet
Puis il déroula le parchemin
then he unrolled the parchment-scroll

Et il a lu ce qui suit :
and he read as follows:
« La reine de cœur, elle a fait des tartes, »
"The queen of hearts, she made some tarts,"
« Tout cela, elle l'a fait un jour d'été »
"All this she did on a summer day"
« Le valet de cœur, il a volé ces tartes »
"The knave of hearts, he stole those tarts"
« Et il a emporté ces tartes loin ! »
"And he took those tarts far away!"
« Appelez le premier témoin », dit le roi
"Call the first witness," said the king
et le lapin blanc souffla trois coups de trompette
and the white rabbit blew three blasts on the trumpet
« Amenez le premier témoin ! » cria-t-il
"bring the first witness!" he called out
Le premier témoin était le chapelier
The first witness was the hat maker
Il entra avec une tasse de thé dans une main
he came in with a teacup in one hand
et il avait un morceau de pain et de beurre dans l'autre main
and he had a piece of bread and butter in the other hand
« Tu aurais dû finir », dit le roi
"You ought to have finished," said the King
« Quand avez-vous commencé ? »
"When did you begin?"
Le chapelier regarda le lièvre de marche
The hat maker looked at the march hare
Le lièvre de marche l'avait suivi dans la cour
the march hare had followed him into the court
Il avait marché bras dessus bras dessous avec le loir
he had walked arm in arm with the dormouse
« Le quatorzième mars, je crois, dit-il
"Fourteenth of March, I think it was," he said
« Rendez votre témoignage », dit le roi
"Give your evidence," said the king
« Et ne sois pas nerveux, ou je te ferai exécuter sur-le-

champ »

"and don't be nervous, or I'll have you executed on the spot"

Cela n'a pas semblé encourager du tout le témoin

This did not seem to encourage the witness at all

Il n'arrêtait pas de se déplacer d'un pied sur l'autre

he kept shifting from one foot to the other

et il regarda la reine avec inquiétude

and he looked uneasily at the queen

et, dans sa confusion, il mordit un gros morceau de sa tasse de thé

and, in his confusion, he bit a large piece out of his teacup

En réalité, il voulait croquer dans son pain et son beurre

really he meant to bite from his bread and butter

Juste à ce moment, Alice éprouva une sensation très curieuse

Just at this moment Alice felt a very curious sensation

Elle commençait à grossir à nouveau

she was beginning to grow larger again

Le misérable chapelier laissa tomber sa tasse de thé

The miserable hat maker dropped his teacup

et le pain et le beurre tombèrent à terre

and the bread and butter fell to the ground

et il mit un genou à terre

and he went down on one knee

« Je suis un pauvre homme, Votre Majesté », a-t-il commencé

"I'm a poor man, your majesty," he began

« Vous êtes un bien mauvais orateur, » dit le roi

"You're a very poor speaker," said the king

« Tu peux y aller, » dit le roi

"You may go," said the king

et le chapelier quitta précipitamment la cour

and the hat maker hurriedly left the court

« Appelez le témoin suivant ! » dit le roi

"Call the next witness!" said the king

Le témoin suivant fut le cuisinier de la duchesse

The next witness was the duchess's cook

Elle portait la poivrière à la main

She carried the pepper-box in her hand

et les gens près de la porte se mirent à éternuer tout à coup
and the people near the door began sneezing all at once
« Rendez votre témoignage », dit le roi
"Give your evidence," said the king
— Je ne donnerai aucun témoignage, dit le cuisinier
"I shall give no evidence," said the cook
Le roi regarda anxieusement le lapin blanc
The king looked anxiously at the white rabbit
Et le lapin blanc parlait d'une voix douce
and the white rabbit spoke in a quiet voice
« Votre Majesté doit contre-interroger ce témoin »
"your majesty must cross-examine this witness"
« Eh bien, s'il le faut, il le faut, » dit le roi
"Well, if I must, I must," the king said
« De quoi sont faites les tartes ? »
"What are tarts made of?"
« Les tartes sont faites de poivre, principalement », a déclaré
le cuisinier
"tarts are made of pepper, mostly," said the cook
Pendant quelques minutes, toute la cour fut dans la
confusion
For some minutes the whole court was in confusion
Finalement, ils se sont tous calmés
eventually they all settled down again
Mais à ce moment-là, le cuisinier avait disparu
but by then the cook had disappeared
« N'importe ! » dit le roi
"Never mind!" said the king
« Appel à la barre du prochain témoin »
"call to the stand the next witness"
Alice regarda le lapin blanc qui tâtonnait sur la liste
Alice watched the white rabbit as he fumbled over the list
Vous pouvez imaginer sa surprise à ce qu'elle a entendu
ensuite
you can imagine her surprise at what she heard next
à tue-tête de sa petite voix aiguë, il appela le nom « Alice ! »
at the top of his shrill little voice, he called the name "Alice!"

Le témoignage d'Alice
Alice's evidence

« Ici ! » s'écria Alice
"Here!" cried Alice
Elle se leva d'un bond en toute hâte
She jumped up in a great hurry
et elle renversa le banc des jurés
and she tipped over the jury-box
et elle renversa tous les jurés
and she knocked over all the jurymen
et ils tombèrent sur la tête de la foule en bas
and they fell on to the heads of the crowd below
Alice était dans un grand désarroi
Alice was in great dismay
« Oh ! je vous demande pardon ! » s'écria-t-elle
"Oh, I beg your pardon!" she exclaimed
« Le procès ne peut pas avoir lieu », dit le roi
"The trial cannot proceed," said the king
« Les jurés doivent retourner à leur place »
"the jurymen must get back in their proper places"
Il répéta l'ordre avec beaucoup d'emphase
he repeated the order with great emphasis
et il regarda Alice d'un air sévère
and he looked at Alice sternly
**« Que savez-vous de ces événements ? » demanda le roi à
Alice**
"What do you know about these events?" the king asked Alice
— Je ne sais rien à ce sujet, dit Alice
"I know nothing on the subject," said Alice
Le roi lut ensuite un extrait de son livre
The king then read from his book
« Règle quarante-deux »
"Rule forty two"
**« Toutes les personnes de plus d'un kilomètre de haut
doivent quitter le tribunal »**
"All persons more than a mile high are to leave the court"
« Je ne suis pas à un mille de haut, » dit Alice

"I'm not a mile high," said Alice
« Près de deux milles de haut », dit la reine
"Nearly two miles high," said the Queen

— Eh bien, je refuse d'y aller, dit Alice
"Well, I refuse to go," said Alice
Le roi pâlit
The king turned pale
et il ferma précipitamment son carnet
and he shut his note-book hastily
« Considérez votre verdict », a-t-il dit au jury
"Consider your verdict," he said to the jury
Il parlait d'une voix basse et tremblante
he spoke in a low, trembling voice
Puis le lapin blanc prit la parole
then the white rabbit spoke
« Il y a encore plus de preuves à venir »
"There's more evidence to come yet"
et il se leva d'un bond en toute hâte
and he jumped up in a great hurry

« Ce papier vient d'être retiré »
"This paper has just been picked up"
« On dirait que c'est une lettre écrite par le prisonnier »
"It seems to be a letter written by the prisoner"
Il déplia le papier tout en parlant
He unfolded the paper as he spoke
« Ce n'est pas une lettre, après tout »
"It isn't a letter, after all"
« Ce que c'était, c'était un ensemble de versets »
"what it was was a set of verses"
« S'il vous plaît, Votre Majesté », dit le coquin
"Please, your majesty," said the knave
« Je n'ai pas écrit ces vers »
"I didn't write those verses"
« et ils ne peuvent pas prouver que j'ai écrit quoi que ce soit »
"and they can't prove that I wrote anything"
« Il n'y a pas de nom signé à la fin »
"there's no name signed at the end"
Le roi parla au fripon
the king spoke to the knave
« Vous avez dû vouloir causer des méfaits »
"You must have meant to cause some mischief"
« Sinon, tu aurais signé ton nom comme un honnête homme »
"else you'd have signed your name like an honest man"
Il y eut un claquement général de mains
There was a general clapping of hands
Et le roi se tourna vers le lapin blanc
and the king turned to the white rabbit
« Lisez les vers », ordonna-t-il
"Read the verses," he ordered
Il y eut un silence de mort dans la cour
There was dead silence in the court
et le lapin blanc lut les versets
and the white rabbit read out the verses
Ils m'ont dit que vous étiez allé chez elle

They told me you had been to her
Et ils lui parlèrent de moi
And they mentioned me to him
Elle m'a donné un bon caractère
She gave me a good character
Mais elle a dit que je ne savais pas nager
But she said I could not swim
Il leur a fait savoir que je n'étais pas parti
He sent them word I had not gone
Nous savons que c'est vrai
We know it to be true
Si elle poussait l'affaire, que deviendriez-vous ?
If she should push the matter on, what would become of you?
Je lui en ai donné un, ils lui en ont donné deux
I gave her one, they gave him two
Vous nous en avez donné trois ou plus
You gave us three or more
Ils sont tous revenus de sa part vers vous
They all returned from him to you
bien qu'ils aient été les miens avant
although they were mine before
Si j'avais la chance d'être
If I or she should chance to be
Si j'étais impliqué dans cette affaire
If I or she were involved in this affair
Il compte en vous pour les libérer
He trusts to you to set them free
Exactement comme nous étions
Exactly as we were
Mon idée, c'est que vous aviez été
My notion was that you had been
Avant qu'elle n'ait cette crise
Before she had this fit
Un obstacle qui s'est dressé entre
An obstacle that came between
Lui, et nous-mêmes, et cela
Him, and ourselves, and it

Ne lui faites pas savoir qu'elle les aimait mieux
Don't let him know she liked them best
Car cela doit être à jamais un secret, caché à tous les autres
For this must for ever be a secret, kept from all the rest
Ce secret doit rester un secret entre vous et moi
This secret must remain a secret between yourself and me
Le roi était très impressionné
the king was very impressed
« C'est la preuve la plus importante que nous ayons entendue jusqu'à présent »
"That's the most important piece of evidence we've heard yet"
— Je ne crois pas que ces vers aient un atome de sens, objecta Alice
"I don't believe those verses carry an atom of meaning," objected Alice
le roi avait sa propre opinion sur la question
the King had his own opinion on the matter
« S'il n'y a pas de sens dans ces mots, cela sauve un monde de problèmes »
"If there's no meaning in those words, that saves a world of trouble"
« Alors nous n'avons pas besoin d'essayer de trouver le sens »
"then we needn't try to find the meaning"
« Laissons le jury délibérer sur son verdict »
"Let the jury consider their verdict"
« Non, non ! » dit la reine
"No, no!" said the queen
« La condamnation d'abord, le verdict ensuite »
"Sentencing first—verdict afterwards"
« Des bêtises et des bêtises ! » dit Alice à haute voix
"Stuff and nonsense!" said Alice loudly
« Comme il est stupide de condamner l'accusé en premier ! »
"how silly it is to sentence the defendant first!"

« Tais-toi ! » dit la reine en devenant violette
"Hold your tongue!" said the queen, turning purple
« Je ne me tairai pas ! » dit Alice
"I will not hold my tongue!" said Alice
cria la reine à tue-tête
the queen shouted at the top of her voice
« Coupez-lui la tête ! »
"chop off her head!"
Personne n'a fait un mouvement
Nobody made a movement
« Qui se soucie de ce que vous dites ? » dit Alice
"Who cares what you say?" said Alice
Elle avait atteint sa taille maximale à ce moment-là
she had grown to her full size by this time
« Tu n'es rien d'autre qu'un jeu de cartes ! »
"You're nothing but a pack of cards!"
À ces mots, toutes les cartes se levèrent dans les airs
At this, all the cards rose up in the air
et toutes les cartes s'abattaient sur elle

and all the cards came flying down upon her
Elle poussa un petit cri
she gave a little scream
Elle était à moitié effrayée, mais aussi en colère
she was half afraid, but also angry
Et elle a essayé de se battre contre les cartes
and she tried to fight the cards off of herself
puis elle se retrouva allongée sur le talus d'herbe
and then she found herself lying on the grass bank
Sa tête était sur les genoux de sa sœur
her head was in the lap of her sister
Des feuilles mortes s'étaient posées sur son visage
some dead leaves had landed on her face
et sa sœur balayait doucement les feuilles
and her sister was gently brushing the leaves away
« Réveille-toi, ma chère Alice ! » dit sa sœur
"Wake up, Alice dear!" said her sister
« Quel long sommeil tu as eu ! »
"what a long sleep you've had!"
« Oh, j'ai fait un rêve si curieux ! » dit Alice
"Oh, I've had such a curious dream!" said Alice
Et elle raconta à sa sœur tout ce qu'elle pouvait se rappeler
And she told her sister all she could remember
toutes les étranges aventures que vous venez de lire
all the strange adventures that you have just been reading
about
Alice se leva et s'enfuit en courant
Alice got up and ran off
et elle pensait, tout en courant, à son rêve
and she thought, while she ran, about her dream
« Quel rêve merveilleux cela avait été ! »
"what a wonderful dream it had been!"

www.ingramcontent.com/pod-product-compliance
Lightning Source LLC
Chambersburg PA
CBHW011048190726
48290CB00011B/3058